奇諾の旅 XX

——the Beautiful World——

時雨沢恵一
KEIICHI SIGSAWA
插畫●黑星紅白
ILLUSTRATION KOUHAKU KUROBOSHI

Kadokawa Fantastic Novels

序幕「旅行的故事・b」

—Around the world・b—

然後，奇諾就看到了這片夕陽風景。

森林與山谷，沿著平緩的斜坡相連。放眼望去一片清朗，遠處的湖泊、更遠的山谷、與山谷相連的綠色平原都可以看得很清楚。處於低位的橙色太陽，柔和照映著這一切。從森林裡，可以聽見蟬鳴此起彼落。

奇諾站在已用腳架立妥的漢密斯旁邊，脫下來的安全帽則用手環抱在她的體側，一直凝視著這片風景。

一名男子從不遠處停下他的機車，朝奇諾走近。

「很美的景色對吧？看來妳應該是第一次看到這樣的風景吧？」

奇諾轉身面對他，肯定回道：「是的。」

「是喔是喔，那麼接下來的事可有趣囉！」

這名看起來三十多歲、穿著皮夾克的男子，露齒笑著說：

「我曾經騎腳踏車、後來也騎機車環遊這個世界好幾回，幾乎所有的道路都跑過了。不過最美麗的景色還是在這個地方，而且就是要在這個時間才看得到。」

男子這番話就像是開啟什麼模式一樣，從四周出現機車騎士們，往這邊聚集過來。

「說的好！我也是這麼想！」

「我也是！雖然已經環遊世界第三趟了，但還是不由自主地會來這邊！」

「今天我正好要開始第四次環遊世界，就以這裡為起點出發吧。」

「你們都好強啊，我這才要開始第一次呢！」

在眾人你一言我一語，開心談論「環遊世界」之旅時，只有站在奇諾正後方的一名男子，什麼話也沒說。

終於夕陽靜靜沉落，風景變成一片夜空，森林也開始沉入一片黑暗中。

「好啦，該是回家去的時候了。」

不知道是誰說了這句話，也不知道是誰回應了同樣的意見：

「那麼大家，路上要小心啊！希望下次還可以在世界的某個地方再見！」

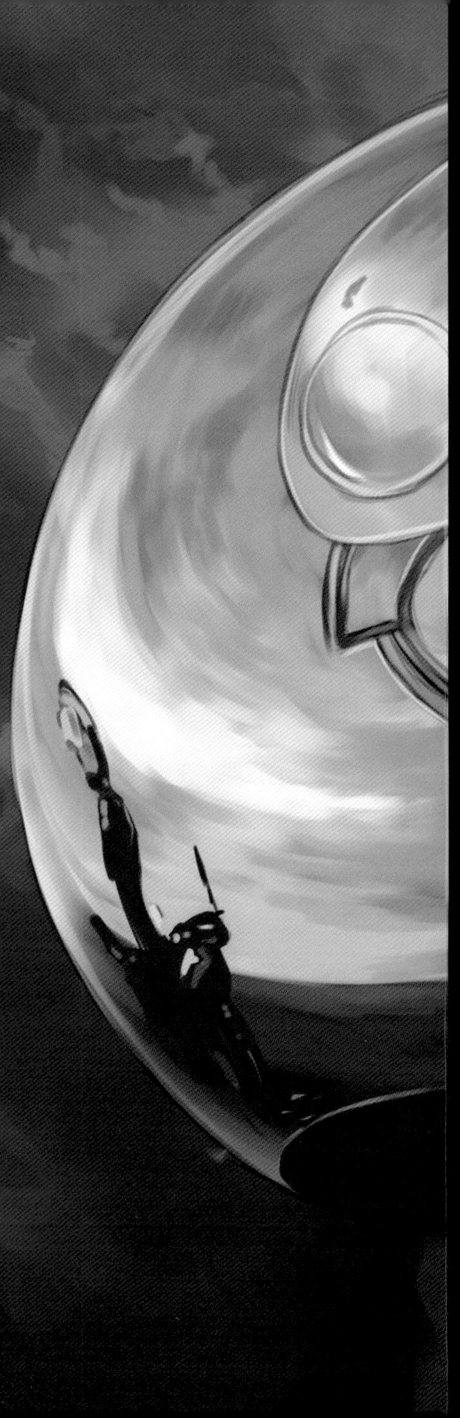

機車引擎陸續發動。穿著不同服裝的騎士們，跨上他們各自的兩輪車，沿著土坡下山去了。

最後還留在微暗原處的，就是奇諾與漢密斯，還有那名一直沉默的男子與他的機車而已。

奇諾轉身看著那名男子，眼角瞥了左手的手錶一眼說：

「我們該回旅館了。」

「我明白了，我這就帶路。」

男子殷勤回應後，就戴上自己的安全帽，發動了他的機車。奇諾也同時戴上全罩式安全帽，將她的頭與臉整個覆蓋。

奇諾騎著漢密斯，在向前奔馳的男子後方，追逐著他的車尾燈，沿著坡道緩緩下山。

「嗯，確實是個很美麗的地方呢。奇諾如果也能再回到那個地方去就好了。」

漢密斯悄聲這麼說。而戴著安全帽的奇諾則是這樣回答的：

「到時我一定可以正大光明的回答說：『我已經環遊世界一周回來了！』」

「無海之國」—Can You Sea Me?—

這個很小很小的國家，位在很大很大的大陸中央。

它的四周被高聳的山脈包圍，除了盛夏時節以外即使要抵達這塊土地都非常困難。人們在這裡運用自然資源，栽種作物畜養動物，平靜的生活著。

據說，奇諾其實是這個國家五年八個月以來的第一個訪客，因此她受到盛大的歡迎。

另一方面漢密斯則是受到了非常粗魯的對待。雖然他會說話，但被當地人認定是非人也無心的「物品」，差點被拒絕入境。

「我好生氣！」

「算啦，漢密斯。」

為了招待訪客，一場盛大的慶典召開了。

當然漢密斯被丟在建築物外頭，而且當時還下起一場大雨。

「我真的生氣了！」

「忍耐一下，漢密斯。」

在享用各式美味佳餚後，奇諾在眾多國民面前被國王這麼問：

「旅行者啊，請一定要回答我們一個問題——海是什麼呢？」

他們打從出生以來，從未見過海，以後也沒有計畫要去看海。

好幾十年以前，他們從來訪的旅行者口中知道了海的存在，非常興奮。想不到這個世界上竟然有如此厲害的東西。

他們迫切想知道海的一切，對來訪的旅行者都會詢問。訪客中有不知道海的人，也有知道海的人；在詢問的過程中，有些旅行者會用繪畫或者是照片描述給他們看，不過——

「在廣大的場所裡，有很多很鹹的水——這點我們很清楚。不過我們還是無法理解它的本質。請一定要告訴我們海是什麼，而且要用我們聽得懂的話說，讓我們對任何人都可以明白解釋。」

奇諾絞盡腦汁思考著。

雖然因為飽足之故血液向胃集中，她在已橫掃一空的杯盤前方，仍拚命地用腦思考著。

可是——

「怎麼說，都不太對……」

能夠表達海的本質，又要能讓他們很容易懂的話，怎麼樣就是想不出來。

眼看奇諾苦惱的樣子，國民們開始覺得：「這個人也是不行啊」，神色也跟著陰沉下來。就在這時候——

「這個嘛，其實海是——」

在外頭淋成全濕的漢密斯，大聲且清楚的說話了。

天氣晴朗的第二天，那個國家在全
國總動員，歡送奇諾與漢密斯出境之後
——
就立刻著手製作石碑。
他們在大石上刻字，為了讓世世代
代流傳下去。

在那之後不知經過數年、數十年，

不對，可能有經過數百年——

現在在那個國家境內，大石碑上的文字仍然留存著：

『我國有海。

其實海是「心」。

有時平靜、有時狂暴。

有願意包容的事物、也有拒絕的事物。

雖然只能接觸到一小部分，卻寬廣到無邊無盡。

不論何時看起來都很相似，卻經常有所不同。』

石碑背面，則用比正面更大的字體，這樣刻著：

『這一段話，是一個除了人以外也具有心的東西，在我國傳述的。』

C O N T E N T S

會認為所有人都是異類的人，
就會把所有人都當成是異類。

—You Are Watching a Mirror.—

奇諾の旅

——the Beautiful World——

XX

時雨沢 惠一
KEIICHI SIGSAWA

插畫●黑星紅白
ILLUSTRATION KOUHAKU KUROBOSHI

8 就是

第一話
「人類之國」
—the Ark—

第一話「人類之國」

——the Ark——

我的名字叫陸，是一隻狗。

我有著又白又蓬鬆的長毛。雖然我總是看似愉快地露出笑咪咪的表情，但並不表示我總是那麼開心。我是天生就長這樣。

西茲少爺是我的主人。他是一名經常穿著綠色毛衣的青年，在很複雜的情況下失去故鄉，並開著越野車四處旅行。

同行人是蒂。她是位沉默寡言又喜歡手榴彈的女孩，在很複雜的情況下失去故鄉，後來成為我們的伙伴。

越野車在寒冷的空氣中前進著。

這裡是樹木高聳且茂密生長的森林地帶。因為未受到人為砍伐的關係，可以見到各式各樣的綠

色植物。這當中，也有葉子全數凋落的林木。

一條大河緩緩的在大地上流動著，河邊有相當長的一段沒有樹木，可能是因為河川氾濫時大量流水經過的關係，這些河段長不出樹來吧。這些地方成了小草叢生的平坦空間——也正好形成道路。

道路沿著河邊平緩的蛇行著，一路蜿蜒到森林中。道路也繼續向前延伸。

天空一片灰色，從早上開始就只能看見陰沉的雲層。雖然好像馬上就要下雪的樣子，不過意外的是，過了這麼久的時間都還沒有開始下。

雖然看不到太陽，我的生理時鐘正告訴自己，差不多已經是中午了。

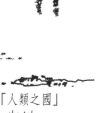

「休息一下吧？」

在駕駛座上握著方向盤的西茲少爺說完，就在路上最靠近河岸的地點停下來。他脫下套在綠色毛衣外層的防寒服，放在越野車的座位上。

坐在副駕駛座，讓我縮在她雙腳之間的蒂，則輕快地將嬌小的身軀從越野車上跳下來。她也將原本穿著的內裡鋪棉的防寒衣褲脫下，只留下平常會穿的長袖上衣與短褲。是外頭沒有吹風？還是她不怕冷呢？

在大自然當中午休時，該作的事早已決定好。不用特別提醒，角色分工就已經安排好了。

也就是說，西茲少爺負責汲水，蒂負責去森林撿木柴，至於我則用嗅覺確認是否有危險動物——當然包括人類，同時在蒂身邊保持警戒。

雖然看不見，不過西茲少爺應該正在用布製水桶汲水，再用簡單的淨水器過濾。

淨水器是一個不怎麼大的圓筒、裡頭裝著幾層大小石頭、砂子、木炭和布等物體。即使是看起來多少有點混濁的河水，在連續通過好幾個淨水器後也能將髒污與塵土排除掉，過濾成相當透明的水。

當然，我們絕對不會直接喝生水。

會把它製成茶水。先煮開一次殺菌，然後再用茶葉替水加味增色。雖然多少有點汙染，至少可以放心喝下去。這就是人類的智慧。

「你看。」

蒂與我回到越野車旁，將裝滿木柴的布袋遞給西茲少爺。袋子裡頭，裝著乾燥的樹枝、樹葉還有松果等。

「謝謝妳，蒂。」

西茲少爺將它們堆在一起，用金屬製的打火工具對準最容易燃燒的東西點火。

對習慣野外生活的人類來說，升火就像是在廚房用瓦斯爐點火那樣輕鬆。這是生活培養出來的技術。

他在小火堆上放著鍋架，那是一只有圓環的三腳架，然後在鍋架上放裝有水的茶壺，寒冷的世界開始產生蒸氣，水也逐漸煮沸。

今天的午餐，是攜帶糧食和茶。

旅行者在可以獵捕魚或動物的場所，就能食用牠們。如果無法馬上食用，也會動手將牠們製作成可攜帶的保存食物。

說句題外話，蒂非常喜歡這種一般旅行者評價不怎麼好的攜帶糧食，從來沒有抱怨過。再說句更不相關的話，西茲少爺其實不怎麼會釣魚。

嚼了幾口攜帶糧食，喝了加入大量砂糖的熱茶後，簡單的午餐就結束了。

西茲少爺喝著在寒冷世界裡冒出蒸氣的第二杯茶，同時泡茶準備儲進水壺裡，對蒂談論接下來的預定行程。

「如果我們的目標國家真的存在的話——大概日落以前就會到了。」

西茲少爺會這麼說的原因是，有人說那個國家「當然存在」，也有人說「絕對不存在」，但他不知道到底存不存在，如果沒有實際去一趟是不會知道的。

「如果那個國家存在，而且可以永久居住的話就好了呢。」

西茲少爺用期待的語氣說，這是他的真心話。

蒂則簡短回應：

「存不存在，都沒關係。」

這也是她的真心話。

西茲少爺為了蒂的生活與教育，希望能在某處定居下來；而蒂對這種事完全不在意，只要能與西茲少爺一直在一起就好。

這兩個人並不是一直都很協調。

就像是兩個本來緊鄰著，慢慢愈轉距離愈遠的齒輪一樣，彼此都很有精神的旋轉著。

這樣一來，我的位置在哪裡呢？

雖然不是很清楚，但為了弄清楚這個問題，我和這兩個人一起同行。

即使這樣還弄不清楚，也沒關係。

我不在乎。

正如西茲少爺預料，那個國家日落以前就到了。

差點就錯過了。

那個國家的構造相當特殊，簡單的說，它是「隱藏」的。

這是我們入境以後才知道的事——

在森林裡的地面上，被挖了一個直徑約五公里，深約一百公尺的巨大洞穴，那個國家就在那洞穴裡。其堅固的屋頂就位在與地表相同的高度，而屋頂上頭覆蓋著土壤，土壤上則種植仿照森林的樹木。

也就是說，那個國家光看是看不出來的。從地表看當然看不見，就算是飛到空中也觀察不出來吧。

這次能發現，都是因為西茲少爺與蒂的優秀直覺。

西茲少爺將先前問到的資訊比較分析，確認就在這一帶，一面注意一面慢速行駛。而蒂則在森林裡，發現非常淺的輪胎痕跡。

在冬季還殘留下來的雜草，因為被輪胎輾過，折凹成轍狀。因為有沒有折到差異真的很小，我和西茲少爺都是在蒂解釋以後才勉強理解。

西茲少爺慎重地將越野車開進森林裡，輪胎痕跡突然變成道路。

森林裡有一條道路。很明顯是人工作出來的道路，樹木被砍伐出可以讓卡車通過的寬度，路面的土也凝結的很堅固。

當然，從剛才的河邊道路是看不見這裡，也就是說，「只有知道的人才能到這裡通行」。

在確信前方有國家之後，西茲少爺加快越野車的速度。

高速行駛一段時間，眼前道路突然變成一片森林，林木之間豎立著小小的告示牌。上面的文字有點小，看不出寫些什麼。

我們從越野車上下來，靠近告示牌。

「你們是旅行者吧，要入境嗎？」

不知從何處，傳來中年男子的聲音。

西茲少爺告訴對方旅行的目的。

尋找一個我們能安心居住，也值得以愛國者的身分為國家和居民貢獻的地方。

對方的聲音很遺憾的回應：

「我國自建國以來，從未准許任何移民……這個請求無法答應。」

「這樣啊……我明白了，謝謝您。」

「以觀光和休閒為目的的入境是可以同意的。我們也很希望與久未遇見的旅行者交談，可以無償提供食物，你們意下如何？」

因為沒有刻意期待，西茲少爺同意對方的建議。

那麼接下來，在這個沒有城牆的國家，該怎麼入境才好呢？

對方的聲音很快就告訴我們。

在平坦的森林中再開一小段路到達指定場所，長滿草的地面就會傾斜成下坡道。真是豪爽明快的機關。就這樣開著越野車往下坡道開進去。

在進入隧道後，就會抵達一處頂端挑高、照明很亮的巨大地下空間。有一塊專門停車、寬闊的畫線區域。如果商人搭乘卡車進來的話，就會使用這裡吧。

聲音說：「到這裡來」，西茲少爺與蒂脫下防寒服，各自帶著最低限度的必要行李，離開越野車。

西茲少爺把刀留在車內，要蒂把手榴彈和榴彈發射器也留下來。他判斷既然已經入境，那麼在國內就沒有必要攜帶武器；他也認為既然這個國家的機關構造如此精巧，刀和手榴彈也沒用武之地。

我們在聲音的引導下通過敞開的門，走到一條明亮的走廊，看到一座大型電梯。我們搭乘它，直直向下，卻久久到不了最底層。真是可怕的深度。

電梯終於停了下來，在繼續穿過三道門後，我們來到一間牆上繪有美麗花園的房間。

「歡迎光臨，西茲大人、蒂大人、陸大人。」

連我的名字後面都加上「大人」，除了那個當我是「狗大人」的國家以外，這裡大概是第一個這樣稱呼的吧？

那裡有一張巨大厚重的長方形餐桌，有十位國民圍坐著。

他們年紀在六十歲到七十歲之間，七名男性三名女性，穿著設計奇特、剪裁寬鬆的衣服。

「歡迎光臨我國。」

先前的聲音，是坐在餐桌最邊角的鬍鬚老人發出來，看起來也最年長。

「我們被稱為『十賢者』，是這個國家的領導團隊。雖然沒有排名，但照年齡，由我代表發言。」

鬍鬚老人說。

不是以血緣繼承的國王、也不是以投票選舉的政治家，而是以公認為「賢能」的人來治國，其實這樣的國家在其他地方也存在著。

即使如此，能讓領導團隊的所有成員都來歡迎我們，還是覺得惶恐。

西茲少爺不愧過去曾經是王子，他殷勤的禮貌回應，然後自我介紹，再介紹蒂跟我，並在作結論時表達希望知道這個國家的一切情況。

「那麼，明天就讓你們見識這個國家的詳細情況吧。今天要不要一起共進晚餐呢？我們也想知道周圍國家的情勢、世界的情勢。」

西茲少爺同意了，這一天我們就稍微早一點吃晚餐。

從肉、蔬菜、到別國製造的酒，是一場非常豪華且餐點美味的晚餐會。料理一道接一道，由盒狀的機械人自動運送過來。

西茲少爺應對方邀請講述他過往的人生，非常詳盡。

從他自己的出身、離開國家、到回來的故事。然後是他與蒂的相會，還有到目前為止的種種旅程。

我和蒂一面默默的聽，一面吃，真好吃。

老人們則彷彿像是一群圍觀拉洋片的小孩一樣，炯炯有神的聽著。

第二天早上。

我們在特地安排的房間裡醒來。雖然這房間像病房，色調毫無生氣，不過清潔舒適。

房間裡有三張大床並排（也就是說連我都是睡床），浴室裡流有豐沛的熱水，打開水龍頭就有冰涼的飲用水。

因為位於地下並沒有窗戶，但溫度與濕度控制得恰到好處。

西茲少爺吃著由機械人運送過來的美味早餐，說：

「這是一個機械化、自動化相當進步的國家。位於地下的國內是什麼樣的情況、國民們過著什麼樣的生活，我真的很有興趣。」

「我有興趣。」

很難得蒂會好好說出同意的話。這應該是她表達自己充滿興趣的方式吧？

約好今天上午對方會來介紹國內的情況，西茲少爺跟我在嚮導來臨以前，試著想像了一下。

在地下的國家，空間與外界隔絕，一年到頭應該很舒適，是個和酷熱與寒冷都無緣的世界。

因為所有工作都交給高度發展的機械人去處理，這個國家的居民只要作自己喜歡的事——例如嗜好或者是藝術活動，快樂過一天就好。這應該是大多數人類夢寐以求的幸福世界。

到底這些想像會不會準確呢？

「那麼，請讓我為各位帶路。」

約定的時間一到，鬍鬚老人隻身前來房間擔任我們的嚮導。

「……」

西茲少爺呆呆的看著眼前的景象。

很久沒有看到西茲少爺傻住的表情了。

「……」

蒂以平常一樣的表情，看著眼前的景象。

雖然蒂看起來完全沒有變化，我還是覺得，蒂應該對這樣的景象覺得有趣。沒有理由，就是直覺。

然後我嘛——

「……」

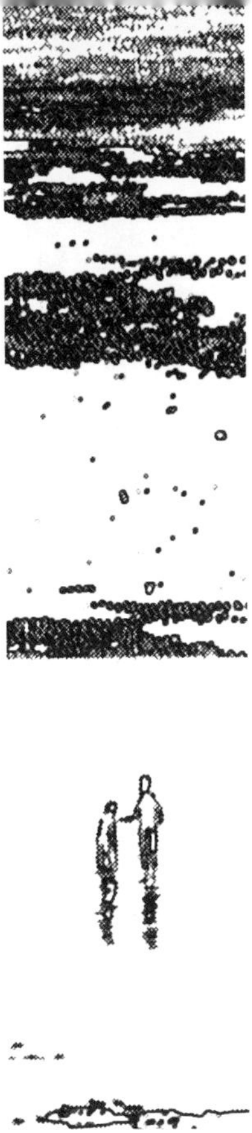

果然還是一聲不吭地看著眼前的景象。雖然這裡沒有鏡子，但我的表情應該也是傻住了沒錯。

在鬍鬚老人的引路下，我們通過長長的走廊，搭上小型電梯上升到一處開放的場所，一出來看到的景象，就完全超過我們的想像。

誰能想像得到呢？

所有國民，都過著像動物一般的生活啊。

眼前是一片草原。

大致上平坦、柔軟的草密集生長的草原，就像是綠色絨毯。

在地下當然是沒有天空，不過在頭上數十公尺的地方有一片塗成青色的天花板，還有幾個光源，非常明亮，看起來就像是真正的太陽與天空一般。

空氣是暖和的，對習慣寒冷的體質來說會感到熱的程度。濕度適中，草的味道很舒服。雖然不知道是透過什麼樣的裝置，還吹著力道足以讓草搖曳的微風。

居民們就在那裡，是人類。男女老少，所有不同的世代都在那裡。有抱著嬰兒的女人，也有年輕人與中年人。當然有已經駝背的老人。

而他們每個人都是裸體的。

是全裸，完全沒有衣服。

所有人看起來特別白的皮膚，完全裸露在外。屁股、生殖器官，完全沒有遮掩。

如果要問這些人類到底在作什麼的話——就是隨心所欲的自由過日子。

有在草原作白日夢的人，也有活潑玩著捉迷藏的孩子們。

雖然遠方看不太清楚，不過有個正在吃東西的人。

相反的，有吃就有拉。也就是說有人在草地上直接蹲下去，正大便中。

還有還有，完全不顧周圍眼光「交尾」的年輕男女。

有小孩正跟著一對男女行動，可以想見這應該是一個家庭。

看不出來他們有使用言語的跡象，溝通的方式就是擺出姿勢揮動雙手，再不然就是拉對方的手或擁抱之類的身體語言。

情緒表現也非常明確。

有人一直笑著、也有人為了爭奪食物互相瞪眼。這時候，雖然不用言語，他們還是會發出某種聲音，是尖銳的喊叫聲。

這樣看來，根本就是動物啊。就像是不知何時在某處看到的猴群一樣。

「這……」

連西茲少爺都說不出話來了。他想說些什麼，卻說不出來。

一開始，他可能覺得這應該是開玩笑或那一類的。他一定認為，鬍鬚老人、賢者們還有居民們，可能都在愚弄久未遇見的旅行者。

不過以愚弄而言，這樣的場面也太誇大。純就眼前的景象來說，很難想像全是刻意人為的。

「好有趣。」

蒂覺得有趣，我的直覺正確。

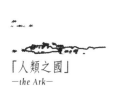

「看起來好像動物。」

嗯，沒錯。雖然我這隻狗沒立場說這句話。

我們一直看著他們，他們卻一直沒有注意到這裡。雖然有人隨興奔跑靠近過來，不過卻完全沒有關心我們，又離開了。

「賢者大人……這……到底是……？」

西茲少爺對鬍鬚老人問道。

他面對西茲少爺與蒂，回應說：

「他們，就是這個國家的居民。」

從那充滿皺紋的臉，看不出來他的話是在開玩笑。西茲少爺也認真發問了：

「他們一直都是這樣的嗎？還是只有今天才這樣？」

原來如此！還有這種可能性啊！

也就是說只有今天是：「全員全裸，回歸野性；模仿動物，重新思考人類為何」的節日啊。

鬍鬚老人希望讓旅行者偶然見識這個國家今天舉行的奇妙慶典嗎？連這點都能察覺到，不愧是西茲少爺。

「不是。」

不是啊。

「他們不論何時，都過著如你們所見的生活，沒有一個例外，現在你們看不到的地方的人也是一樣。這個國家目前人口有三萬二千四百四十九人，每個人都過著如你們所見的生活。」

「……」

「看起來就像是『牧場』對吧？嗯，雖然這個國家沒有，不過我們知道有這種場所。而且以前的旅行者告訴我們，這個詞是最好的舉例方式。」

確實正如鬍鬚老人所說，這裡就是一座糧食與住所都有保障的牧場，專門圈養人類這種生物。

「……我真的不太懂。他們，是人類吧？」

「您說的沒錯，西茲大人。」

「也就是說——雖然我不是學者……但我認為就算沒接受學校之類的高等教育，人類天生就一定有高度的智慧，會說複雜的言語，也會製作使用物品。」

「您說的沒錯。」

「可是……現在看到的他們……看不出來有這些能力……」

西茲少爺表達疑惑，我也有同感。

只要身為人類，不論教養方式為何，都會發展出某種程度的智慧，就算是工具也能操作自如。當然不是教了就馬上有智慧，但把每個小小的發現累積起來，積少成多也可以不斷發展成長。

在現在看到的他們身上，完全看不出有這樣的跡象。真的就像是「披著人皮的野生動物」四處活動一樣，不協調的感覺很強烈。

不過嘛，我這隻會說話的狗好像也沒立場這樣想……

「簡直是……真的無法想見，光靠本能就可以過日子……」

「不愧是西茲大人，連這點都注意到了。」

鬍鬚老人語畢，這麼補充說道：

「所謂『百聞不如一見』，先讓你們實際見識，接下來就要說明了。只是，因為在這裡可能會被他們打擾，我們就回房間吧。」

鬍鬚老人話才說完——

「反倒是，我們才打擾他們。」

蒂突然開口。而鬍鬚老人則用奇妙的表情點頭說：

「沒錯。」

我們進入空無一人的餐廳，在大桌與鬍鬚老人面對面坐了下來。其他賢者們的身影，並未看見。

機械人將美味的茶水送上，連我也有一份。

「看來，必須要說明一切了。不過，如果當中有任何問題，請隨時發問。」

鬍鬚老人直接切入正題，西茲少爺也用力點頭。

「他們，即這個國家的居民們，是靠動物的本能生存著。肚子餓了就想找點東西吃、排泄欲望有了就想從體內拉出來、性欲高漲了就想交尾——這些行為，就跟絕大多數的動物一樣。」

果然如此。

「雖然這回沒讓你們看到，他們會在地面凹陷處鋪上枯草作『床』，就在那裡度過光源熄滅的夜晚。早上一起來，就去固定的場所吃事先準備的食物，其他時間就自由的過。」

這樣真的可以好好過日子嗎？會不會有爭吵之類的？

當我在心裡疑惑時，西茲少爺直接提出意思差不多的問題。鬍鬚老人答道：

「不論何種動物，只要能確保生活場所、食物與繁殖，就不會產生剝奪生命的爭鬥。而且這個國家裡，他們沒有『天敵』。」

原來如此。

「而你們是刻意讓他們這樣的。」

「您說的沒錯，西茲大人。」

「這怎麼可能？啊，不對……因為已經是可能的，從剛才看到的景象來看——我訂正。到底是怎麼辦到的？」

西茲少爺如此混亂的樣子，很久沒有看到了。

「詳細的說明就省略了，總之是用藥物進行人為操作。在食物裡經常性添加藥物，抑制腦發展成人類的樣子。不動任何手術。」

「原來如此，難怪這個國家能成為這樣的國家，我明白了。這樣的生活，已經持續很長的時間了嗎？」

「大約八百年了。」

雖然鬍鬚老人講得很順口，但這是個非常不得了的數字。西茲少爺倒吸一口氣後：

「那麼，下一個問題，『為什麼』？還有一個問題，各位具有普通人類知識的十賢者，擔任的又是什麼樣的角色？」

西茲少爺直接問道。

「先從第二個問題，有關我們的角色回答起吧。我們十個人，是為了經營這個國家而存在的。雖然國家設備的保全與維護、食物生產、國民的健康管理等事務，都由機械自動化處理，『決策』還是不能交給機械人來作。因為機械人不會自己思考行動，人類的判斷與指示是絕對必要的。」

原來如此，不能依賴人工智慧，最終意思的決定權一定要由人來掌握。所以就這樣，具有智慧的十個人是必要的，這點我明白了。

「那麼，有關為什麼，這個國家八百年持續這樣的問題——」

鬍鬚老人回答我們最想知道的事。

「是為了『保全物種』。」

西茲少爺對這簡短的回應，追問確認：

「也就是說……要讓人類這種生物，就這樣生存到未來……？」

「沒錯。身為智慧生命體，人類絕不能滅絕，一定要永續生存。」

「我認為這樣的企圖，非常美好。只是，……就算用普通『人類』的方式活著，也是可以生存下去啊？」

「沒錯，我們也知道，絕大多數的國家就是這樣生存下來的。只是，我們知道人類隨時有可能因為相互殘殺而滅絕，也有國家是這樣滅亡的。我們追求的是『絕對』生存，所以選擇這樣的方法。」

「為了這樣，就讓他們『賴活』到未來去生存？」

「您說的沒錯。沒有智慧、沒有本能以外的欲望、也沒有爭鬥，就只是讓他們賴活著。」

到目前為止我都明白。

雖然無法理解過去這個國家的人們為何作出這樣的結論，甚至執行下來的理由，但應該是陷入某種迫不得已的使命感的關係吧？

即使如此，腦海還是浮現一個疑問。人如果以「物種」的姿態這樣生存下來，智慧又要怎樣處

理呢？

人這種動物會成為具有智慧的人類。如果大量飼養並繁殖「與人類一模一樣的動物」，將來卻只有他們這些動物存活下來時，又該如何是好？

西茲少爺又提出了相同的問題，我只要等著回答就好。真的是很有趣。

雖然從一開始只有西茲少爺發言，蒂用她那雙翡翠綠眼睛直盯著鬍鬚老人，聆聽他們的談話。當然我不知道，她在想些什麼。

「您問到重點了。不過，有關智慧的問題，完全不用去擔心。」

鬍鬚老人說。

「到時候會進行必要的處置。因為人類的頭腦品質非常高級，即使一口氣輸入大量知識，也能承受下來。」

這也太扯了。

「聽起來好像很扯啊。抱歉問一下……這樣作……真的有可能嗎？」

聽到西茲少爺的問題，鬍鬚老人微微的笑了。雖然他到目前為止一派淡然，喜怒哀樂也幾乎看不出來，但在那一瞬間，笑了。

「我知道了。」

蒂終於開口了。

我其實不知道她知道了什麼，就連西茲少爺也是一臉驚訝，看著坐在他身旁的蒂。

「不愧是蒂大人。」

只見鬍鬚老人一面說著，一面大大點頭。

不對，是不愧在哪裡啊？

「我們十個人，就是這麼來的。」

你說什麼？

「你說什麼？」

西茲少爺的聲音，和我的心聲完全同步。

「包括我在內的這十個人，並不是在孤立環境下生養培育出來的。」

其實我也一直這麼想。而且我認為，他們也有他們的家人。為了誕生賢者，我總是覺得要有賢者家庭。

「我們十個人，以前都各自生活在那片草原裡。然後有一天，我們被選中了。」

「怎麼會這樣……」

西茲少爺的眼睛瞪得更圓了。眼前這個人類，以前竟然是那些動物，他露出不可置信的表情。

而我的表情大概也跟他很像。

「我到今天還是記得那一天的事情。原本遵循本能活著的我，突然被機械人壓住綁架了。我被帶到一個從未見過的恐怖空間，被迫躺下行動也被拘束，然後被打了各種針劑。」

「……」

「等到醒來的時候，我已經知道一切。我被加添了智慧，成為其中一名『賢者』，這是十五年前的事了。」

原來如此，就算讓全體國民都得到智慧，也沒什麼好擔心。

「怎麼會這樣……那必要的時候，只要十個人全體都下同樣的決策……全體國民就都可以得到智慧了。」

「沒錯，這些藥物一直都被妥善保管著。」

「您的話……我非常清楚明白了……謝謝您。」

西茲少爺從椅子上站起來，深深鞠躬說。

「不會不會，您太多禮了。我只是把想說的話說出來而已。請坐。」

西茲少爺坐回椅子後，鬍鬚老人提出了一道謎題。

「您知道新的賢者，什麼時候會選出來嗎？」

這個謎題連我都能馬上解答。雖然蒂什麼話也沒說，但她應該也知道。西茲少爺則是答道：

「十賢者當中的某一個人，死亡的時候。」

「沒錯。」

鬍鬚老人大大的點頭——

「嗚……嗚……」

突然就哭出聲來。

原本就坐的直挺挺的他，兩隻眼睛突然像瀑布一樣開始流淚。就像是用「滂沱」兩字來形容一樣。

西茲少爺與我都只能——

「……」

默默的凝視著。

「……」

蒂雖然也保持沉默，但因為不知道她在想些什麼，所以她是在凝視、還是只有視沒有「凝」，這我就不清楚。

「好想回去……」

鬍鬚老人的淚水在眼眶打轉，望著遠方喃喃自語：

「好想回去……那片草原……那段自由活著的時光……本來可以和好多人們一起生活……一起死去……親愛的妻子……可愛的孩子們啊……原本不用言語，就可以和他們相互理解了……好想回去……但已經回不去了……」

先前鬍鬚老人說過，他有當時的記憶。

也有當時以前的記憶。他記得那段靠本能生存的時光，而現在的他，也具備明白那段時光已經無法再度挽回的智慧。

「啊啊……那時候……真的……很美好……」

鬍鬚老人最後說了這番話，便從懷中掏出手帕擦乾眼淚。

再次看到他睜開雙眼，已經沒有淚水。充滿皺紋的臉，表現出賢者風範的堅毅表情。

「西茲大人，您是位完美正派的人物。到目前為止在我帶領的旅行者當中，您是最像賢者的人。」

「謝謝，您的讚美……」

西茲少爺只能用最安全的話這樣回應。

「既然已經回不去了，我也要活得像賢者、死得像賢者。」

鬍鬚老人的話，並不是對我們說的。聽起來應該是對他自己說的。

就像是要證明那句話一般——

這回鬍鬚老人從懷中掏出一只小玻璃瓶，打開蓋子一飲而盡。

馬上就有大量的血從老人喉嚨裡噴出來，我也知道那應該是劇毒。血差點就噴到西茲少爺與蒂的身上。

「啊啊……」

西茲少爺忍不住出聲了。但他大概知道已經來不及救援，並沒有任何動作。

「……」

蒂則是默默的凝視著這位即將死去的人。

「嗚啊……呃……喔啊……」

在擠出幾個不成意義的言語後，鬍鬚老人的臉倒在桌上。

被留在現場的我們，在還來不及煩惱到底該怎麼辦的時候——

門一聲不響地打開了。九名賢者一起靜靜地進入房間，淡淡地確認趴倒在桌上的男子的死亡後，開始默禱。

「西茲大人、蒂大人、陸大人。」

一位老婆婆站在我們面前，用平靜的語氣開口說話：

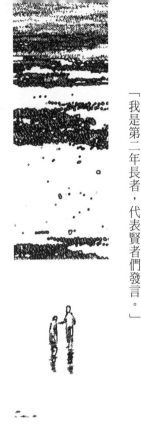

「我是第二年長者，代表賢者們發言。」

西茲少爺對老婆婆回應說：「我明白了。」

「在這個不論什麼樣的病都可以用藥物治好的國家裡，賢者死亡的原因就是二選一：衰老或自殺。我們承認『自我人生自由終止權』，隨時攜帶藥品，讓自己可以在喜歡的任何時間死去。」

原來如此。

沒有動物具有自殺的能力。

雖然可能有個體因為精神錯亂而狂奔至死，但基本上是沒有的。就算是大家常說的旅鼠集團自殺，也只是個都市傳說。

鬍鬚老人──以動物的姿態誕生、成長，後來成為人，死的也像人類。

老婆婆繼續說：

「他應該是看到那片很久沒有見過的景象，所以打從心底感到滿足，或者是再度感到絕望了吧。雖然已經盡力不讓他看到，但如果他要擔任旅行者嚮導，我們也沒辦法阻止。」

原來我們是其中一個原因啊。不過因為我們不會知道這種事，也是無可奈何。

「我們所有人，都很明白他的心情，感同身受。」

也就是說，在那片草原靠本能生存其實比現在要幸福的太多太多，這是他們的心聲。對他們來說，雖然還有終止人生的自由，但光憑維持這個國家的使命感，就得過著被責任感束縛的艱苦餘生

啊。

「原來是這樣啊……」

被接二連三的沉重話語衝撞後，西茲少爺也只能如此回應。

誰都沒有錯，只是成了一場非常不堪回味的訪問，而且到此也差不多接近尾聲，該是出境的時候了。

正當西茲少爺深吸一口氣，應該是準備要這麼提議的時候——

「西茲大人，您要不要移民這個國家，成為其中一名賢者呢？」

老婆婆說。

「依照尋找新賢者的規定，國外人士是可以破例加入的。」

老婆婆繼續說。

「不然如果可以的話——我來把蒂的位子給空出來吧？」

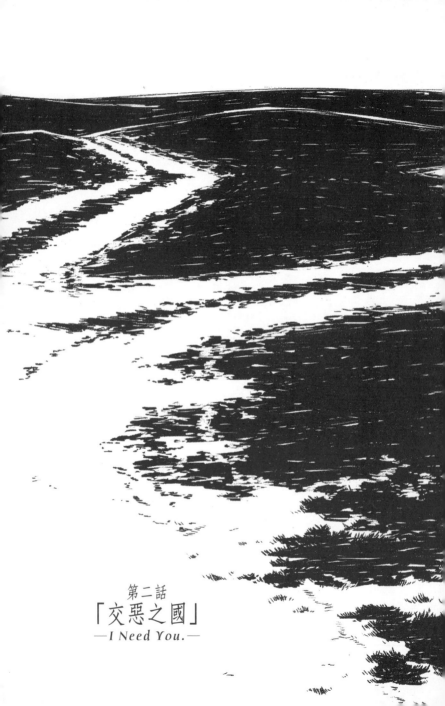

第二話
「交惡之國」
—I Need You.—

② 集的

第二話「交惡之國」

—I Need You.—

「旅行者，妳沒去過附近那兩個國家吧？另外，以後妳也沒有計畫要去吧？」

經過非常嚴格的審查，奇諾與漢密斯獲准入境了。

這個地方有三個國家，彼此強烈交惡，三國之間斷絕一切人與資訊交流的狀態，已經持續了兩百又好幾十年。旅行者只要去了其中一個國家，其他兩國就無法入境。

奇諾與漢密斯入境的這個國家，是個夜晚也很明亮的國度。

國內聳立著好幾處高塔，塔頂總是放出搖曳的火光。

奇諾問：「那是什麼？」後，被告知那是在焚化「地下湧出來的黑色臭水」。

「我國地下，會不斷溢出幾乎沒有任何用處，只有臭味和汙染的可燃性黑色液體。雖然對生活造成困擾但也沒地方可以丟棄，也不能讓它汙染河川這個飲用水來源，所以得全天候進行焚化處理。雖然我們也不喜歡讓夜晚這麼明亮……」

奇諾與漢密斯覺得這是個稀奇國家，心滿意足——

因為其他兩國無法入境，他們就往新的地方出境了。

「旅行者，你沒去過附近那兩個國家吧？另外，以後你也沒有計畫要去吧？」

經過非常嚴格的審查，女旅行者與她的男性旅伴獲准入境了。

這個地方有三個國家，彼此強烈交惡，三國之間斷絕一切人與資訊交流的狀態，已經持續了兩百又好幾十年。旅行者只要去了其中一個國家，其他兩國就無法入境。

男女旅行者入境的這個國家，是個大到不講理的國度。

不過因為國內山嶺遍布，平原區域幾乎都變成支持人口的農地，所有國民為了生產糧食，每天拚命從事農作。

「可是，真的很辛苦。因為基本上全都要靠手工，運輸糧食則要靠馬跟牛，如果我們有像旅行者使用的方便機械就好了……這樣一來，糧食收穫量就可以翻上好幾倍，生活也就可以輕鬆很多了啊。不過嘛，我們國家沒有這些技術跟燃料就是了。」

男女旅行者覺得不管哪一個國家要生存都得很拚命很努力，深表理解——

因為其他兩國無法入境，他們就往新的地方出境了。

「旅行者，你沒去過附近那兩個國家吧？另外，以後你也沒有計畫要去吧？」

經過非常嚴格的審查，西茲與陸與蒂獲准入境了。

這個地方有三個國家，彼此強烈交惡，三國之間斷絕一切人與資訊交流的狀態，已經持續了兩百又好幾十年。旅行者只要去了其中一個國家，其他兩國就無法入境。

西茲與陸與蒂入境的這個國家，是個可以取得各種礦產資源，技術發達到不講道理的國度。

原本就有很多有競爭力的天才，而且技術也有傳承下來，所以各式各樣的發明與發現經常在這個國家發生。可是，因為是個非常小的國家——

「不過嘛，不論製作了什麼，都完全沒有實用化的必要性……就有點像是玩票性質的作品。其實旅行者你們車子裡的引擎與燃料，很久很久以前我們就已經製作出來了，但我們完全沒辦法讓它成為商品。」

西茲與陸與蒂覺得這是個稀奇國家，心滿意足——

因為其他兩國無法入境，他們就往新的地方出境了。

這個地方的三個國家——

「旅行者，你沒去過附近那兩個國家吧？另外，以後你也沒有計畫要去吧？」

直到今天，還是不允許相互交流，以及旅行者們的往來。

第三話
「無拘無束之國」
—Love Them All!—
15 找到

第三話「無拘無束之國」

—Love Them All!—

一輛摩托車（註：兩輪的車子，尤其是指不在天空飛行的交通工具）在沿著盛夏海岸的道路上奔馳。

在那裡，大地到了盡頭，而大海則開始擴展。厚實的山嶺直臨海岸線，大浪衝擊滿布岩石的海岸，激盪出高入天空的浪花。

即使在這種地形的盡頭，也是有道路。

離海平面稍微高一點的巨岩山腰上，隱隱鑿出一條道路，寬度剛好能讓車子經過。這條位於岩山側面的道路沿著海岸線，大致向北不停延伸。

在一整個上午沒有受到太陽直射的道路上，摩托車慢慢地奔馳著。

因為這條道路是在岩石上粗糙開鑿出來的，有時候路面會無預警地出現很大的凹陷或凸起，讓輪胎彈起來。

再加上，高聳的浪花和被鑿穿的岩石滲出來的水，讓整條路幾乎都是濕的，非常容易滑倒。

「好可怕的路啊……」

摩托車的騎士喃喃自語著，減低速度，以防萬一真的滑倒。

摩托車騎士是名年輕人，年約十、五六歲。在黑色短髮上戴著附有帽簷及耳罩的帽子，眼睛戴著銀框的防風眼鏡。

騎士穿著白色襯衫、外面套著一件黑色無袖背心，腰間繫著粗皮帶。右腿上掛著掌中說服者（註：說服者是槍械。這裡是指手槍）的槍套，腰後還插了一把自動手槍。

存放行李的摩托車從下方說道：

「拜託注意駕駛安全啊。如果在這邊摔倒的話，損害會相當嚴重喔。把手或油門如果摔彎了就很難跑了，油箱如果漏了燃料也會洩出來，骨架如果有裂痕——」

「我知道了，漢密斯。」

「可是我還有大概二十個地方要提醒。」

「那我就有可能一分心就摔倒了。」

「那就太恐怖了，還是不說吧。」

「無拘無束之國」
—Love Them All!—

「因為漢密斯無可取代啊，我會騎慢一點。」

在對話的同時，摩托車在海岸的道路上慢慢地、慢慢地奔馳著。

當他們抵達目標國家時，已經是太陽接近海的傍晚時分。

「旅行者歡迎光臨！感謝您不辭千里、遠道而來！我國自開國以來，其實有一千八百年的歷史！是個充滿歷史與文化氣息的國家！居民們都滿懷著愛，在優秀的政治體制與必要充分的軍事力量下，不但安全也健康，換句話說，可以過著眾人稱頌的幸福人生。這可是獨一無二——」

在入境審查官嘴上滔滔不絕了一段後，奇諾與漢密斯獲准入境。照慣例，包括這一天在內算三天，後天就出境。

為了讓人口成長，這個國家非常歡迎移民，甚至說連摩托車都可以成為這裡的國民，不過奇諾拒絕了，漢密斯也回絕了。

整個國家面向一片大海，環繞國境的城牆築到海灘上。

城牆同時兼具消波與防潮的堤防功能，規劃上在漲潮或是海嘯時，只要將幾座城門、不對，應該是水門全部關閉，國家就可以獲得保護。

國內海岸到處都是漁港，港內停滿各式大小漁船。

國土在平緩谷地的山坡上廣布開來。

當然山坡那邊也有城牆，即使位在遠方，還是可以清楚看到一條沿山而行的線。最高的地方建了一座白色水泥燈塔，每隔十秒就會發出亮光。

由於國內整體而言以坡地為主，道路狹窄到只能讓車勉強通行，住家與農田則是以階梯狀建造開墾。

因為道路與住家都是石造，整個景色就是一片灰。而現在受到日落後天空顏色的暈染，散發橙色餘光。

有人介紹城門與海岸旁邊就有一間旅館，奇諾就在那裡投宿。因為食堂已經打烊的關係，奇諾只好到商店買麵包當晚餐吃。

奇諾一面咀嚼，一面說：

「明天再到處參觀吧。之前遇到的那個賣燃料的旅行商人有提到——」

她對著床邊用主腳架立好的漢密斯說。

「有提到？」

「『其實去這個國家不怎麼方便，但那邊的魚就是美味。把生的魚切成片，加上鹹的液體和辣的調味吃下去，是這個國家的風俗。如果不喜歡生吃的話，用烤的或用煮的都很美味』。」

「怎麼都是講吃的啊！」

「沒辦法啊。商人停留期間短，最關心的就是吃，旅行者也一樣。好，我吃飽了，晚安漢密斯。」

「晚安奇諾。」

第二天，奇諾在原本要與黎明一同起床的時間以前被叫起來。

吵鬧的警報聲突然在四周大響，被驚醒到從床上跳起來的奇諾耳旁——

「大家早安！今天一整天，也要注意捕魚安全！天氣上午、下午都是晴天，風力是——」

聽到擴音喇叭傳來這樣的聲音。

「什麼嘛……」

穿著旅館睡衣的奇諾從窗簾縫隙看著外面，天空整片漆黑，只有少少幾處有亮光。

「果然漁民的早上真的好早啊——比旅行者還要早。」

漢密斯才剛說完——

「嗯，漢密斯也來當一次漁民試試看。」

省下被叫醒時間的奇諾說道。

比平常用了更久時間調整說服者並練習射擊的奇諾，沖了個澡，整理身上裝備，走到一大早就開始營業的旅館食堂裡取用早餐。

奇諾回到房間後，漢密斯問道：

「是魚嗎？」

「是烤魚，就像傳說中的那樣美味。中午想吃生的。」

「只有奇諾在玩好詐喔。一起在國內跑跑，看看有沒有什麼有趣的事吧！」

「了解。」

奇諾把行李放在旅館裡，輕裝騎上漢密斯準備在國內觀光。

奇諾與漢密斯跑上了國內最高的場所，看著這個國家寬廣壯闊的樣子，以及遠方無邊無際的藍色海洋。

在漢密斯的要求下，他們仔細觀察了並排住家的構造，興味盎然的品味著濃濃的歷史感。

國內見到的居民雖然忙碌，但他們卻沒有冷淡的氣氛，生活看起來非常安穩。

在他們到訪的公園裡，大多數都是男與女的組合，也就是情侶在一起。

原本以為只是剛好來到約會景點，但稍後不論是去商店街買東西，還是經過住宅區，感情良好的兩人牽手散步的景象處處可見。

大致在國內繞了一圈後，奇諾在視野良好的場所吹著海風。

「該說一男一女、一對情侶，還是說成雙成對、或者是雌雄連理的情況好多呢。」

漢密斯說。奇諾則回道：

「這是個可以公開放閃光的國家……嗎？讓我想起那個不允許看到人們幸福的樣子，最後就荒廢的國家了。」

「哎好懷念啊，是很久很久以前的事了。記得在那裡的時候，『在公共場所刻意展示不必要的幸福，因為已構成對不幸的人的仇恨行動，是違法行為』的國民投票剛好通過呢。」

「這樣一想，這個國家的環境還真是不錯。」

「哦！奇諾，想住下來了嗎？」

「可是，漢密斯被海風一吹就會馬上生鏽了啊……」

「那別住了。」

「不會住啦。話說回來，總覺得好久沒有好好觀光了，真和平。」

「因為奇諾の旅不是被追殺，就是迫不得已去殺人家，整個就是芭樂班長啊。」

「……是『波瀾萬丈』吧？」

「對，就是那個！」

「……但願接下來都是安全的旅程。然後——」

「然後？」

「想吃點好吃的，現在就要。早餐太早吃，肚子已經餓了。雖然離中午還有一段時間，就先吃

「無拘無束之國」
—Love Them All!—

飯吧。」

「真是的。那麼在港口附近的那家食堂如何？旅館裡的地圖裡有標出來，寫說可以吃到生魚的切片。因為客群是漁業人士，這個時間有開門營業喔。」

「不愧是漢密斯。這個國家治安好像不錯，應該不會被追殺了。」

奇諾一面撫摸著右腿上的說服者一面說。

在他們去的食堂裡，奇諾的生命雖然沒有遇到危險——不過遇到了搭訕。

「旅行者！我知道喔，其實妳是女生吧？妳男性化的形象真是太美了！我就單刀直入地問了！要當我的女朋友嗎？」

奇諾被一名男子搭話。那時她才剛在空蕩蕩的食堂裡津津有味地把生魚的切片一掃而空，正走到停在面對港口寬廣步道的漢密斯附近。

「什麼？」

對方雖然是以年輕人的口吻說話，但實際上應該是個超過四十歲的男子。他衣著整潔，在炎熱中還穿著一件時髦的外套。

只見他不自然地微笑著，對奇諾伸出手指點了一下：

「還有，妳生氣的表情也很美麗喔。」

「不，我是愣住了。」

「沒錯啊，妳愣住的表情也很漂亮喔。」

「那真是謝謝你。那麼我先走了。」

奇諾握住漢密斯的把手，準備移開腳架。搭訕男子仍舊不死心地說：

「看來妳午餐才剛吃過，那麼今晚要不要一起吃晚餐呢？我可以帶妳到這個國家最好的餐廳去喔？那裡有這個國家最棒的燉魚料理！魚的白肉用甜辣醬汁燉煮，入口即化的感覺真是好吃得不得了！」

「人家都這麼說啦，奇諾，妳怎麼辦？」

「就當作沒聽見。」

奇諾移開了漢密斯的腳架，準備移動到車道上的時候：

「無拘無束之國」
—Love Them All!—

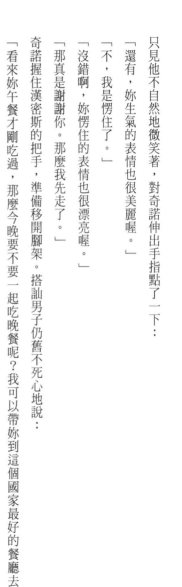

「今天你又搭訕了？真有精神啊。」
她聽見女性這樣的問話，接下來：
「哎呀我的愛人，今天妳也好漂亮啊！太好了！」
男子對女子回應了。
「……」「……」
在沉默的奇諾與漢密斯面前，一名看起來三十多歲，穿著連身工作服的女子靠近男子，說：
「謝謝，今天我也愛你，親愛的。」
「我也是，甜心！」
兩人相互擁抱，互相熱情的親吻。在親吻到幾乎氧氣不足之後：
「那麼，明天晚上來我家吧。我會作好美味的魚料理等你哦——！」
「ＯＫ！我會帶酒過去！晚上可不會讓妳睡喔？」
女子應該是為了提早吃午餐吧，在奇諾剛離開的食堂裡消失身影。而目送女子離去的男子轉身看著奇諾，說：
「好啦，我們話才講到一半。總之我的心被妳的楚楚可憐打動了，希望一定要和妳建立男女朋友的關係。至於能不能有更進一步的發展，就讓我們倆來共同決定吧！」

「………」

在沉默了大約三秒後，奇諾說：

「我可以問一些問題嗎？多少有點私人性質的問題。」

「喔喔！什麼問題都可以問！奇諾小姐！我們的關係都那麼深了！」

「關係深不深就先不管，那麼——剛才那位女士，不是您的情人嗎？」

「當然是情人啊！雖然不是妳這樣的美女，但心胸非常開闊！她在漁會工作，不論看魚或看男人都確實有眼光！」

面對男子坦率的回答——

「………」

奇諾沉默了。不過漢密斯開口了。

「那麼，你打算拋棄那個女的，改追奇諾嗎？」

「改追？沒啊，我目前完全沒有和她分手的打算喔？」

「無拘無束之國」
—Love Them All!—

「也就是說，你想外遇？而且是公開的？」

男子對漢密斯的問題，歪著頭表達不解：

「不對喔。我的情人，連剛才的她在內有五個。也就是說，我是問妳能不能當我的第六個？順便一提，剛才的她有三個男朋友。」

奇諾輕輕點頭：

「啊，有點明白了……這個國家，應該是類似一夫多妻制吧？是『不論男女，同時和多少人交往都可以』的風俗對吧？」

男子一臉驚訝，隨即露出認同的表情說道：

「什麼啊奇諾小姐，原來對於這個國家的男女交往，妳還沒有跟任何人打聽過啊！這樣的話，我是讓妳有點混亂了，抱歉抱歉——奇諾小姐的推論，有點不對。我的故鄉，並不是『同時間和多少人交往都可以的國家』喔。」

「也就是說？」「那是？」

奇諾與漢密斯同時發問，男子則回答：

「是『同時間非與複數人交往不可的國家』喔。」

奇諾移動到附近一處亭子裡的凳子旁。

漢密斯也跟著移動到亭簷下方。眼前是漁港和廣闊的海洋，空中有海鷗交互飛過，鳶鳥繞圈飛行。

雖然陽光已被遮蔽，這個時間剛好風弱，空氣還是炎熱。男子不請自來跟在奇諾身旁坐下，說：

「雖然比站著說話好，不過現在很熱，要不要去哪家冷氣強的咖啡廳喝個茶——」

「不用了，我很習慣旅行，這邊就可以。不過，我不會勉強你。因為我可以隨便找別人問——」

「我知道了我知道了！我就在這邊跟妳說！妳的身體很僵硬，講話又很直白啊。不過這些地方，我一點也不討厭喔？」

奇諾對這名用甜膩笑容眨眼的男子，問了她想問的話：

「無拘無束之國」
—Love Them All!—

「所謂非與複數的異性交往不可，到底是甚麼意思呢？」

「慢著，有點不對喔。我從未用過『異性』這個詞，同性也完全可以喔！」

「我很抱歉，然後呢？」

「就讓我說明吧。這個國家的法律，是這樣規定的：『人藉由戀愛感情結合時，嚴禁與任何一人建立專屬關係』。如果違反被發現，要科處相當高額的罰金，累犯甚至會進監獄。」

「換句話說，與兩人以上外遇，是義務嗎——？」

對漢密斯的問題，男子用力點頭回答：

「就是這麼回事！所以剛才那位淑女和我就算在交往，還是可以自由搭訕。」

「至少兩人的意思是，兩人以上多少都沒關係嗎？」

「當然！完全沒上限。不管是跟十人、還是跟一百人，只要你能公平對待讓所有情人都能接受，還要能讓他們都能滿足就行！」

「原來如此——聽起來不輕鬆。」

「這個嘛，就看自己的本事囉！」

「大哥剛說，你的女朋友有五個？這樣算多？還是算少？」

「男性的情人平均數是三點四人，所以應該算多吧。正好眼前就有一位美好的正妹可以當第六個！——怎樣？要不要借個肩膀讓我搭一下？」

「不要，因為很熱。」

「那就沒辦法了。就等妳到冬天吧，天氣冷時互相靠近取暖，別有一番趣味喔。」

「我明天就出境了——好了，到這裡我已經明白了，謝謝你。那麼，為什麼會訂立這樣的法律呢？等等，在這問題以前……你知道這條法律，在其他國家幾乎不存在嗎？」

「嗯，知道啊，因為我喜歡跟旅行者和商人聊天。不過，我認為不知道這種事，也對這種事感到驚訝的國民，應該也有很多喔。畢竟，這很理所當然嘛。」

「原來如此。那麼，為什麼會有這種法律？還有，這是甚麼時候訂立的？」

「大概，差不多三百年前吧。」

「這……也未免……」

「太久了吧！也就是說，這可不是幾年前突然蹦出來通過施行的奇妙法案。」

這個回答讓奇諾與漢密斯吃驚，只見男子挺起胸膛：

「而是長年有效的法律！祖國萬歲！目前根本沒有人想要改變它。」
「那麼，你知道它是怎麼被訂立下來的嗎？」
「因為我修過歷史課所以知道啊。簡單的說，是為了要防止『戀愛犯罪』。」
「戀愛犯罪，啊……」
男子問奇諾是否明白戀愛犯罪這個詞，奇諾回道：
「我第一次聽到這個名詞。」
「那我就來說明吧！所謂戀愛犯罪，是指你追求的對象，或是執意要跟你分手的對象明明不願意，你卻有死纏爛打或是強迫復合之類的精神異常行為。這些過激行為只為了要拘束對方，除了會造成對方精神上的傷害，更可能殘忍到把對方殺死。」
「原來如此。」
「嗯嗯。」
「而在這個國家，很久很久以前這樣的人相當多。總覺得，原因應該就是我們的國民性格單純坦率容易鑽牛角尖。只要一談起戀愛就情緒高漲，如果其中一方冷淡下來，另外一方也不會坦率承認，因為無法忍受失去的恐懼！」
男子大幅度擺動他的身體，繼續說：

「無拘無束之國」
—Love Them All!—

「不過嘛，這正是戀愛美妙的地方！原本撼動靈魂的喜悅突然失去，這種恐懼會令人發狂。這已經是超過智慧或理性可以解決的問題了。總之因為這樣，以前這個國家的戀愛犯罪率增加到成為主要的社會問題，這個是有歷史紀錄流傳下來的。所以，以前的高官就想啦：『正是因為只能與一人談戀愛，人才會死腦筋的覺得：放過這個人我就完了！』」

「原來如此——！也就是說，『要給人有餘裕』對嗎？」

漢密斯說完，男子就豎起食指：

「就是這樣！所以法律修正，禁止一對一的戀愛、也禁止單單思念任何一個特定的人。」

「在那之後，戀愛犯罪的數量呢？」

奇諾問完後，男子回答：

「很明顯地減少了。這是理所當然的，如果只有一條路，就算禁止通行也會有人想亂來闖闖看。可是，如果有兩條路呢？有三條路呢？就像剛才說過的，有選項，人就會有餘裕。」

「是這樣的嗎……」

「喔，妳現在不是很認同喔。那就讓我打個比方吧。奇諾小姐妳現在有兩把說服者，右手一把左手一把。假設妳在戰鬥，戰鬥途中右手那把的子彈快打光了。這時候，妳怎麼做？」

「這時候——」

奇諾才回答到一半——

「妳會用左手那把繼續戰鬥吧？因為妳在勉強替右手那把填裝子彈的時候，可能就會被擊中了啊。」

男子的聲音就蓋了過來。

「是的。」

「也就是說，複數選項帶來餘裕、悠閒、或者可以說是安全。即使對戀愛而言，這也是最合適的方案。所以這個國家的戀愛，一定要與複數對象同時進行，這也是理所當然的。我認為反倒是拘泥於單一對象，才比較奇怪。」

「那麼，結婚呢？」

「啊，現在這個國家沒有結婚制度。因為跟誰都可以交往，去登記確認特定伴侶，也幾乎沒有意義。在大概兩百年以前，結婚的法律保障措施就已經取消，現在算是古老的活化石風俗吧。」

「如果生小孩的話，會怎麼樣呢？」

「有關養育與教育的費用，就由跟小孩有血緣關係的人五五分帳，或者協商其他分攤比例。因為這個國家對育兒的支援很徹底，只要兩人都有工作就有養小孩的餘裕。當然同母異父的兄弟姊妹也是有的。」

「原來如此。」

「這樣的話，我想問個有點『技術性』的問題……」

漢密斯說：

「就算說要同時間與複數人交往，一開始該怎麼辦呢？我覺得光是人類第一次找男女朋友就是件相當困難的事，在那個時候還要同時與兩人交往根本不可能吧？」

「好問題！摩托車你好棒！給你一個大大的好寶寶貼紙！」

「謝謝你。不過，為什麼是好寶寶貼紙？」

「是的，雖然今天是假日，不過我的工作是國小老師啊。」

「原來如此——」

「無拘無束之國」
—Love Them All!—

「據說這個國家第一次找男女朋友確實是很困難，畢竟為了要遵守法律，得同一時間找到兩個人交往才行啊。不過打從以前開始就訂立了一套補救措施，這個國家的人只要年滿十二歲就視為可以談戀愛，有意願的話可以和『假女友、假男友』交往。」

「那是什麼東西啊？」

「那是什麼？」

「對於已經與兩人以上交往的人，給予建立『假交往對象』的權利，也就是實際上就算完全沒有在交往，法律上還是承認的交往對象。那麼如果說要在什麼情況下表達意願的話，就是『初次向對方告白、或是初次被告白自己也ＯＫ』的時候了。當然，就算在『已經交往很久，但是被甩、或是甩人家』的時候也可以使用這權利。進一步來說，我自己也當過某人的假交往對象。」

奇諾聽著，歪起了頭問道：

「這樣的話，不就是『實質上只與一人交往』嗎？」

「這個嘛，妳說的對。不過這不違法。」

漢密斯發聲了：

「這樣好詐啊！再說啦，既然是假交往對象，在自己的心目中就一點都不重要；如果太喜歡『真正的對象』，結果被對方甩掉的話，還不是有可能會成為戀愛犯罪者？」

「好問題！摩托車你好棒！給你一個——」

「謝謝你，請繼續說。」

「這個問題嘛，很意外的沒有發生。不論初戀成功的人、還是被一個人甩掉的人，凡是察覺到戀愛美妙之處的人，都會這麼想：『如果只喜歡一個人、光和一個人交往都能這麼幸福，那麼有第二個喜歡的人會是多麼美妙的事』！所以絕大部分的人，依賴假交往對象的時間都非常短，馬上就會找到第二個、第三個情人。順帶一提，這個國家完全沒有與人交往的人相當罕見，除非是奇怪的人，甚至是精神異常。」

「聽起來有點怪怪的啊。如果說有人騎上摩托車享受到樂趣，說：『兩輪車好有趣！我要來試試別種型號的摩托車！』，然後就這樣買了好幾輛，有點怪怪的啊。」

漢密斯說。奇諾則在一旁默默輕點著頭。

男子一面握拳一面說：

「就這樣，這個國家的人們就與各式各樣的人，大大享受戀愛的樂趣！啊啊，我的故鄉是多麼

「無拘無束之國」
—Love Them All!—

美好！所以，我也希望能讓奇諾小姐知道戀愛的樂趣！怎麼樣，我們要不要從現在開始約會呢？」

「謝謝你告訴我這麼多。」

「哎呀哎呀……奇諾小姐今後不想與任何人交往嗎？這可是個寂寞的人生呢。」

「今後與某人在一起……這種可能性是不能排除，只是我的對象一個人就好，不需要『假交往對象』。如果只和你交往的話，是違法的對吧？非常抱歉沒能滿足你的期待。」

「原來如此果然是這樣啊……這下子我中招了。話說回來，妳應該沒有任何一點抱歉的意思吧？」

「是的。」

「那就這樣吧！奇諾小姐妳在跟我交往的同時，也跟這輛摩托車交往就行了！」

「什麼？」

「而摩托車在跟奇諾小姐交往的同時，也跟我交往就行了。你們應該是很好的旅伴吧？問題解決啦——唷，我們來交往吧！」

第二天，奇諾在早餐享用很多美味的魚，然後就出境了。

從原本入境的南面城牆離開，再度回到那條無法加速的道路，這回是一面看著右方的海洋一面前進。

「奇諾，結果妳被幾個人告白了？」

漢密斯問道。

「大概有十五個人吧……？到最後，連回應都覺得麻煩了。真的，不論到哪裡都有人過來表白呢……而且所有人都一臉燦爛的笑容。剛才還被一對情侶同時告白呢：『要不要跟本人／人家一起交往呢？』」

奇諾仰頭望著天空回答。

漢密斯的前輪馬上落進一處水窪，打滑了。

「哇！」

奇諾連忙抓住平衡。

「呼……」

「無拘無束之國」
—Love Them All!—

「真是好險，別摔了啊。如果在這邊摔倒的話，損害會相當嚴重喔。」

「我知道。我會騎慢一點、騎慢一點。」

奇諾一面減速一面說：

「因為漢密斯無可取代啊。」

第四話
「尋寶的故事」
—Generic—

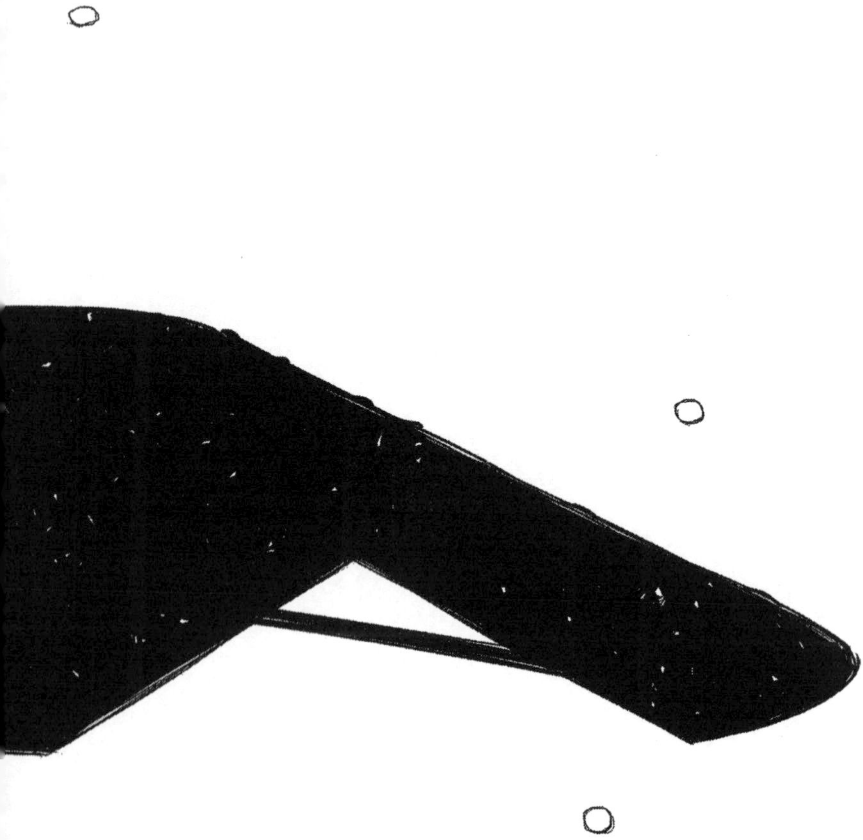

⑨這個！

第四話「尋寶的故事」
——Generic——

「師父～！師父～！」

「師父在田那邊喔，奇諾。」

「謝謝你漢密斯！你幫我叫她過來！」

「妳不要講我辦不到的事啦～」

「漢密斯真是的……真拿你沒辦法。」

「呃，我怎麼了？」

深綠的森林中有一條直線道，那裡有一間木屋。木屋周圍稍稍開墾過，種植著小小的蔬菜田。

一名少女從木屋裡出來，在青空下朝田那邊跑過去。女孩的年齡約十二歲，用緞帶紮起來的長髮，在全力奔跑時搖曳著。

她的手上拿著一本厚厚的書。

「師父～！」

「我在。」

回答少女呼喚聲的，是一名蹲在馬鈴薯田耕作中的老婆婆。

銀髮用花色棉布包起來，身穿綠色粗布衣的老婆婆起身站立，背挺得很直。她腰間那把大口徑小型掌中說服者（註：說服者是槍械），隱隱發出亮光。

女孩在田裡全力跑到老婆婆在的地方，一面遞出那本書，一面說：

「這個，是我在您說『可以用來裝東西』的皮包口袋裡面找到的，看起來舊舊的，是不是很重要的東西呀？」

「哇啊！」

老婆婆睜大眼睛，不斷凝視著書。因為手上被土弄髒的關係，她沒有去碰書。

「原來是在那個地方啊……真是懷念。奇諾，想不到妳能注意到那裡，謝謝妳。」

「嘿嘿。」

「尋寶的故事」
—Generic—

「妳看過書裡面了嗎？」

「不，還沒。」

「其實那並不是『書』。」

「什麼？」

「這其實是某人將自己的研究寫下來的筆記。裡頭有他親筆寫的文字，妳打開來看看。」

「這樣啊……」

少女打開一看，那裡遺留著筆跡端正的書寫體文字。

這是一本非常中規中矩，鉅細靡遺的筆記本。隨處可見數學算式、符號與圖案。

少女花了點時間翻了幾頁，眉頭開始皺了起來：

「太難了看不懂。我只看懂寫在角落的『加油啊自己！』，還有『我不是天才，不努力就完了！』而已。」

「那麼，妳打開有寫字的最後一頁看看。」

少女慎重的翻著舊紙，那一頁大概是落在筆記本的四分之三位置。

寫在那裡的大字，被少女朗讀著：

「『我終於來到這裡了。再來，就只要採取樣本而已……成功了！』」

「那是好幾十年以前，有一個人為了製作新『藥』，賭上人生研究出來的成果。他壯志未酬，就在我眼前死去了，沒能親眼見證自己夢想中的研究成果。」

「總覺得，好可憐……他這麼努力……」

少女抬頭看著老婆婆，表情快哭出來了。

「我懷著他的研究會在某一天某個地方派上用場的心願，將筆記本帶回來。後來又過了好幾年，我找到了一個看起來值得信賴的國家裡一個看起來值得信賴的研究團隊，把它提供給他們。」

「然後呢！然後怎麼樣了？」

「他們當時高興的樣子沒辦法用言語形容。就是很開心的說：『這是寶藏啊！』，然後一下子就把可以救很多人生命的藥，成功開發出來了。」

「好厲害！不愧是師父！」

「不對，『不愧』的人，是寫這筆記本的人，還有實際製藥的研究團隊。那個國家很感謝我，提議要把藥的權利金撥款給我，我說不需要就回絕掉了。」

「尋寶的故事」
—Generic—

「怎麼會？這樣您就會變成大富翁了啊？」

「因為這不是我的工作成果。而且這樣一來，藥品售價就可以更便宜，可以普及給更多人使用。」

「不愧是師父！」

「那個國家很感謝我，同意將筆記本交給我作為紀念。」

「原來是這樣啊……真的是很美好的故事呢！」

少女說完這句話，就輕輕的把筆記本闔上，撫摸著封面似乎在感受它的歷史。

「那麼，我想聽您拿到這個筆記本時候的故事！我最喜歡師父年輕時候的旅行故事了！」

「也好。那麼，就讓我來仔細說給妳聽吧。」

19 的很

第五話
「尋寶的故事」
—*Genocide*—

4 後記

第五話「尋寶的故事」

—Genocide—

一輛車在荒野的一條直線道路上奔馳著。

在寒冷多雲的天空下，是一片僅有人類身體大小的岩石滾動著的不毛大地。

這裡沒有綠意，連生物的身影都沒有。放眼望去周圍幾乎就是一圈地平線，但在西邊遠處，可以看到覆蓋白雪的山脈。

這種土地也有人類在生活嗎？還是說「以前曾經有人類在生活呢」？——這裡有一條筆直的道路，分別朝東西向盡頭延伸。

雖然路寬大約十公尺，而且是用褐色土壤形成堅實的路面，但光是路上沒有岩石這點就是一條真正的道路。路面殘留著幾處小坑洞，時常會遇到結著薄冰的淺水漬。

這輛車小小的、黃黃的、有點破舊，看起來隨時都有可能拋錨報廢。車子從排氣管噴出白色的煙，不時輾過水漬上的冰啪嘰作響，不快也不慢，以固定的速度一路前進。

車子前方應該是西邊，從這裡可以看得到山。

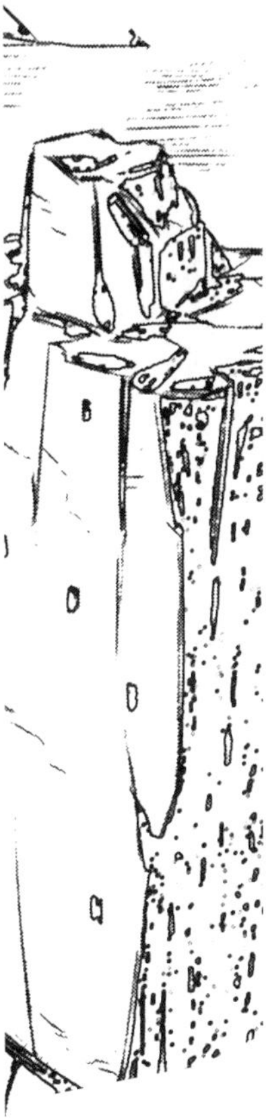

駕駛座上坐著一名個子較矮但英俊的年輕男子，只用一隻右手握著方向盤。

男子身穿鋪棉的厚防寒夾克和長褲，頭上戴著毛線帽。

他的右腿上掛著槍套，裡頭收著一把點四五口徑的自動式掌中說服者。

左邊的副駕駛座，坐著一名紮著黑色長髮，髮絲沿著頸子左邊向身體前方垂落的妙齡女子。

她穿著類似款式的兩件式防寒服，頭上戴著附有耳罩的帽子。

她的右腿也掛著槍套，裡頭則收著一把大口徑小型掌中說服者。

男子平淡的開車行駛，有點破舊的車不時輾過路面上的坑洞晃動著，奮力奔馳著。

終於，晃動的聲音止住，雪從空中紛紛落下。

多雲的天空，下著輕飄飄如棉絮的雪，附著在大地、車體與車窗上逐漸融解，量還不到積雪的程度。

「糟糕，終於開始下雪了啊！」

男性旅行者板起臉說。坐在副駕駛座上的女子從一開始就表情冷靜，現在也不為所動的回應道：
「這點程度應該還不會積雪。」
「這個嘛，其實我並不擔心那種事啦。只是覺得月曆上已經是春天，這塊土地竟然冷到下雪，對我來說有點討厭。」
「這也是沒辦法的。」
「師父，其實我不太想說的，或者應該說，都到這個地方來了，再說就已經是壓倒性的晚了──『那件事』是真的吧？如果傳言全都是假的，我們的損失可就非常大了啊？」
男子一面駕駛一面瞥眼發問，坐在副駕駛座上被稱為師父的女性說：
「我不知道，不過如果是真的呢？」
「這個嘛……那可就不得了了啊。」
「沒錯，如果我們能夠認真把工作完成，就應該可以獲得『美妙的成果』。」
「也是……好啦，我不抱怨了。只要結果美妙，不管是多麼困難的行動，我都不會厭煩！」
正面思考的男子左手握拳，捶了自己胸口好幾下；女子則淡淡地回應：
「我很期待。你除了駕駛以外的長處，該證明給我看了。」
「好的！不過小小問一句……如果，我失敗的話？」

「回程走到這條路的時候，就換我一個人來駕駛吧。」

「哎呀！」

男子輕聲哀叫，稍微用力踩下油門。

當天太陽還沒完全落下以前——

「喔喔，到了！」

男子開著車，抵達覆蓋著雪的山腳下。天空依舊多雲到看不見太陽，在昏暗的世界中，雪仍舊細細飄著。

「到這裡為止，就跟我們得到的資訊一樣。」

在下車的兩人面前，是一條豪邁向上的岩石斜坡，斜坡盡頭則是高聳的山脈。

高山拒人於外的姿態，不禁讓人揣想神明當初是基於何種考量，才會把它們創造得如此險峻。

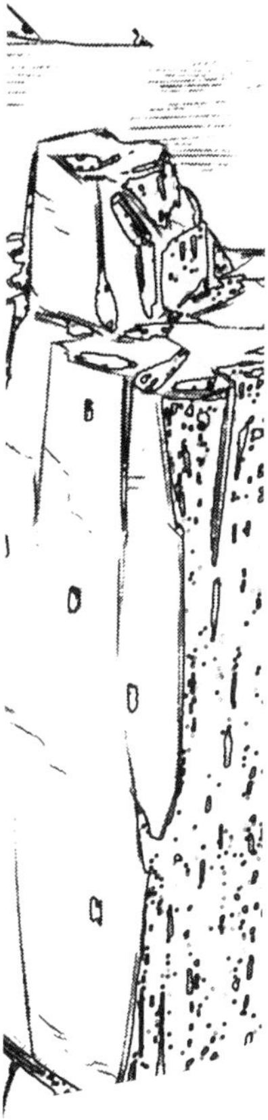

因為直到山腳下盡是一片平野，兩者對比感相當強烈，整個世界就像是一張桌子，上頭插著一只豎立的鋸子一樣。

在山腳下與平野的邊境，有一個國家。

雖然說是國家，但其實已經「死了」，也就是個廢墟。

原本高聳的城牆，四處向國內傾塌，化成一座積滿岩塊的瓦礫山。

不過也因此可以看到國家內部的風景。這個國家的內部，小到可以肉眼看到對面的城牆，石造的家屋有一半已經崩塌毀壞，另一半也差不多快要崩塌毀壞。因為天空終於暗下來的關係，細節無法看清楚。

「可是，我們的資訊可沒有這個耶？怎麼辦？」

男性旅行者指著圍繞國家的「那個」說。

「……」

女性旅行者則靜靜地凝視它。

在自己腳下的山崖底部，有一道河川流過。

這道從山谷那邊流過來的水路，在國家正前方分成兩路，一左一右把國家圍繞起來。

河川寬度有五十公尺以上，相當寬闊。

而且還是水流湍急的河川。混濁的水流在粗硬的岩石間不斷轟轟作響，氣勢猛烈地流動著。

兩道河川，在兩人視野左邊，也就是國家東境匯流，變成一條更寬闊的河，蜿蜒向南方的平野流去。

「嗯——這下子該怎麼入境才好呢？」

男子喃喃自語。要抵達那個國家，不論如何，都得要跨越這道河川。

可是，這條河的水流非常急，人類要游泳過去是不可能的。即使坐上小船渡河，要是一下子被水流帶去撞到岩石，就沒命了。

男子一面眺望著這個被自然力量完美守護的國家，一面用開玩笑的語氣說道：

「要不要回到我們剛出境的國家，去拿會飛的船過來呢？」

就在這時，有一點白光突然出現在視野邊遠處，左右搖晃起來。

「喔喔？」

那是人為搖動的光。

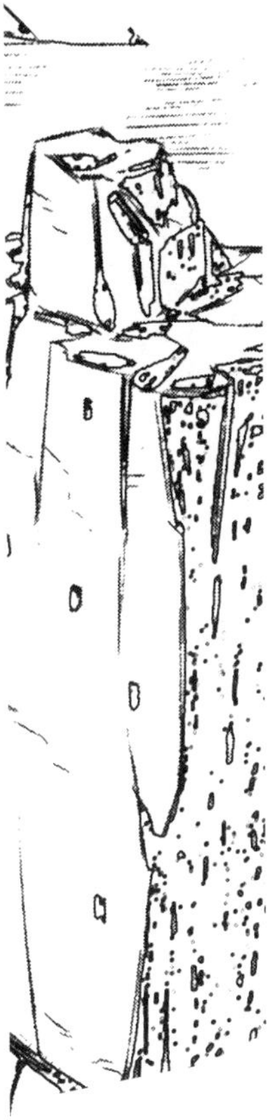

小車開著小燈，進入一處完全黑暗的世界。
因為目標就在河邊，男子非常專注駕駛，以防萬一墜落山崖。
然後，他們來到了搖動的光源所在。
那裡有一戶石造的建築物。
是間平房，占地比一般的家戶要大。
雖然有多處損傷，不過至少保有建築物的形狀。從古老的造型看來，以前應該是那個國家的外城牆設施。
「怎麼會，已經是這樣了啊。」
駕駛的男子驚訝地將車子開近建築物。
一靠近就發現，建築物裡頭已經停了三輛車。一輛四方形的休旅車、一輛很高的中型卡車、一輛兩人座的小車。
副駕駛座上的女子小聲說道：
「不要放鬆警戒。發生什麼事，就用自己的判斷，拔出你右腿上的點四五口徑。」

「當然，妳也要提防。那麼，暗號是？」
「『現在幾點？』」
「了解。聽到這句話──就要把所有人全殺了對吧？」
「不過，我問話的那個人可以不要殺。或許該留一個活口也說不定。」
「了解。」
兩人從引擎已熄火的車上下來，慢慢地走向距離不到數公尺的不知名人士那裡。
在那兩人面前，手持燈火的男子聲音傳了過來：
「唷！要不要過來這裡啊！」
原本應該空無一人的廢墟之國──城牆外邊，總共有六名男女。
兩名旅行者被招待到建築物一進門的廣場內。

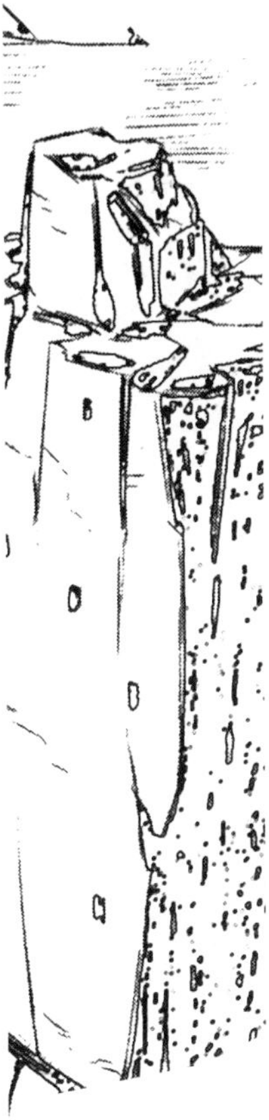

先到的客人，把本來可能是玄關大廳的這個場所作為客廳使用。石地板的中央鋪著大大的絨毯，上面擺著一張長桌。

長桌上放置數盞燈籠，燭火不停搖曳著。還按照人數放了六個杯子，以及熱湯、牛肉乾跟備用麵包等旅行餐點。

看來應該是晚餐途中，除了帶領的男子以外，還有三名男性、兩名女性。

「說真的，我很驚訝，想不到有這麼多人。」

女性旅行者才剛說完——

「我們可一點也不驚訝喔？」

剛才搖動燈火、帶領兩人的男子笑得很開心的說。

這名男子外表看起來四十多歲，身材高大強壯，嘴邊長滿鬍鬚。

從他身穿粗製的外套、牛仔褲與靴子看來，給人「牛仔」的印象。當然他的右邊腰間也有槍套，裡頭是一把點四四口徑的自動式左輪手槍型掌中說服者，相當巨大的一把槍。

「好啦，不用擔心，坐下來吧。」

男子笑著指著桌子的一個角落勸說道。兩人默默照辦，在那裡坐了下來。

「又是自我介紹的時間啦！我的名字叫『泰德』，一半是旅行者、一半是商人，平常在更南方的地區作生意。」

鬍鬚男子——泰德繼續說：

「你們呢？因為這裡的規則是後來的人要先報名字，就麻煩你們囉。假名字也沒關係，交談的時候如果不知道怎麼稱呼，可是很辛苦的。」

泰德作球給兩名旅行者，女性旅行者回答了：

「那麼，請叫我『師父』吧。」

「呃，其實我沒有特定的名字耶，叫什麼都好——」

「那麼，就叫他『弟子』吧。」

「咦～？這什麼鬼好過份。算了，這樣也好……」

泰德握拳擊打另一隻手掌，說：

「很好，師父和弟子對吧？在我們道別以前就這麼稱呼吧。那麼，就從最邊邊那位開始介紹起吧——」

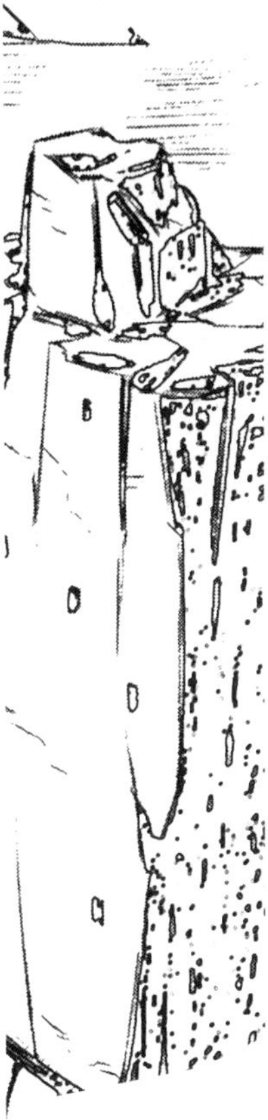

第一個被指到的人，是個看起來有五十來歲，頭髮幾乎全禿的男子。

在這一群人當中，他很明顯最年長。從肩膀寬闊的巨大體格以及一身背心式連身牛仔褲裝扮來看，這名男子給人一種在嚴苛的自然環境下工作的農夫感覺。表情總有些陰沉，眼神雖然看起來一直瞪著，但似乎這是他平常的模樣。

「他叫『歐奇』。」

「你好……」

歐奇只回這一句話，就拿起手中的杯子往嘴邊送，避開更進一步的對話。看來他似乎缺乏社交的性格。

「那麼，下一位是——」

泰德以手指點向坐在歐奇旁邊，看起來三十出頭的男子。

瘦竹竿一般的身材，就算用最客氣的話來說也看不出有什麼鍛鍊。褐色的短髮整齊向後梳攏，服裝非常整潔，穿著一件無縫線的戶外型夾克，臉上則帶著一副度數很深的圓框眼鏡。

「這傢伙是『博士』，名副其實的博士！知識分子啊！」

「兩位好，我是為了自己的研究而旅行。雖然不知道會遇到何種命運，但既然相遇，就希望在道別前能建立有價值的關係。」

雖然博士語氣生硬的低頭表述，他的笑容還是能給人留下良好的印象。師父與弟子兩人也輕輕點頭，回應一句「您好」。

「如果可以的話，請告訴我這個後學吧。兩位是——」

博士似乎還想交談，泰德制止了他。

「等一下博士，晚點再說。還有很多人等著介紹呢。」

「也對，失禮了。」

「那就繼續囉，博士旁邊這位——」

那裡坐著第一名女性。

看起來大概二十五歲以上到三十出頭，偏淡色系的金色短髮剪得很整齊，容姿也非常端正，是位非常美豔的女子。如果不是身上穿著毫無魅力的防寒衣褲，她給人的感覺就是位在酒吧表演的歌手。

「她叫『米夏』，是個正妹對吧？啊抱歉，師父妳也有師父的美喔。」

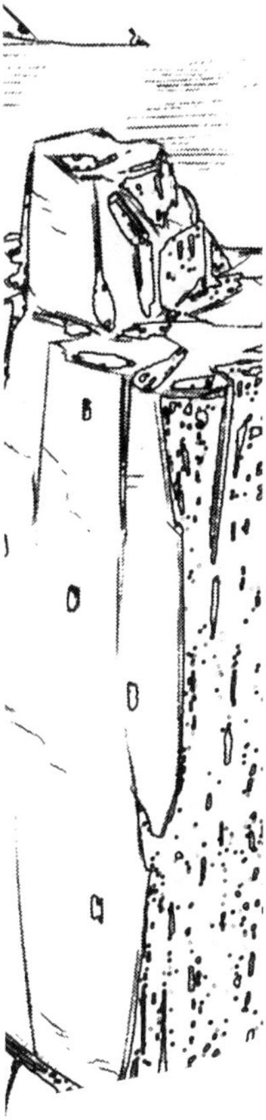

「晚安，兩位。」

米夏以嬌滴滴的口氣說。然後她向坐在桌子對面的弟子送了個秋波：

「我只是個閒人，但這樣的我以前也是個女演員，因為故鄉待不太下去，就跑出來玩了。不過，當個流浪的人比我想像的還不壞，因為到處都有許多令我忍不住想要擁抱的好男人。又多了一個帥哥，我很開心。」

「嗯哼！這其實也是我的光榮，要不要等一下我們慢慢——」

弟子才從座位上起身到一半，師父就輕瞪一眼阻止了他。

「好啦，兩人之間的話題晚一點再聊，注意別睡眠不足啦。最後就是這邊的一對了——」

牛仔泰德最後點名的，是坐在桌旁的一對感情很好黏在一起的男女。這兩人看起來都很年輕，差不多二十歲上下。

男子的黑色長髮向後用帶子紮住，穿著褐色的皮夾克。中等身材，臉頰略有凹陷，眼神嚴肅銳利。

女子身形嬌小，褐色短髮剪裁整齊，服裝與男子幾乎一樣，應該說是情侶裝吧。表情略帶陰暗的她坐在男子身邊，感覺比她的實際身材又小了一號。

這兩人的右邊腰間果然都有槍套，而且左邊腰間也都可以看到一把相當大的刀收納在刀鞘裡。

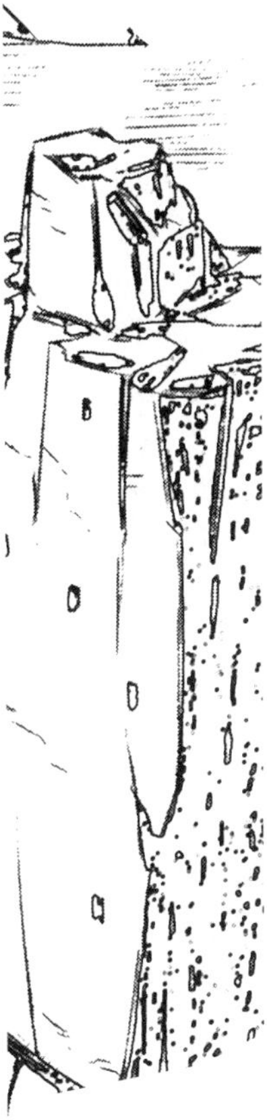

當然，旅行者總是會攜帶某種武器行走，這並不是什麼稀奇的事。

「這是一對分別叫『雅吉』、『雅音』的情侶，聽說他們私奔離開了國家。年輕真好啊，連我這種人都想為他們加油了。」

泰德這麼說。順帶一提，他第一個指到的男子是雅吉。雖然這名字很明顯就像個假名，不過這種事在旅行者的世界裡並不怎麼重要。

「晚安，兩位。雅音不太擅長和他人說話，就由我自己來跟你們說。任何問題，也請問我就好。雖然逃離國外已經很遙遠了，如果能讓我們不用在其他國家講自己的事，對我們會有幫助。因為我們已經作過各種各樣的事了。」

看不出高興還是厭惡的雅吉，淡淡地說完這番話，輕輕低下了頭。師父弟子兩人也跟著低頭回禮。

「好啦，自我介紹就到這邊。今天聚集的真是各種人都有啊！那麼，師父跟弟子兩位，你們有什麼問題呢？」

面對泰德的問題，師父開口了：

「有的。雖然有很多問題想問——總之先問一個問題，讓話題可以順一點，就這麼辦吧。」

「喔，是什麼問題呢？」

「大家的目標，都是那個國家的財寶吧？」

圍著桌子的所有人，各自表露出不同的反應。

泰德奸笑著、歐奇的眼角稍稍上揚了一下、米夏似乎是要表達「呵呵」一般的，露出意味深長的微笑、而博士則是有點惱怒。

只有雅吉與雅音兩人，刻意表現出沒有反應的反應。

「那你們應該也是吧？師父？」

泰德坦率承認了。

「看來消息已經傳的這麼開了……請告訴我這個後學吧，你們聽到些什麼？」

「聽說：『山脈東邊的山腳下，有一個一百多年以前就成了廢墟的小國家，當地居民的大量隨身珠寶還長眠在地底下』。」

「這樣啊。不過光聽這句話，反而不會在這種時間過來吧？」

面對泰德自信滿滿的話語，師父聳了一下肩膀，再補充說明：

「『雖然是個位於嚴苛的自然環境，無法入境的國家，但如果遇到晚春開始的季節，會有一段非常短的時間有方法可以入境』。」

「ＯＫ，這跟我聽來的就一樣了。」

「不過我們並不知道『嚴苛的自然環境』的詳細資訊——也就是還有那條河川的事就過來了。說實話，本來對於入境的方法，我們真的是束手無策，不過看到你們就放心了。」

「喔？為什麼？」

「看到絨毯和桌子，很明顯各位打算在這裡好好留上幾天，如果沒理由也不會這麼作。也就是說，如果多留一會兒，這裡應該會發生什麼事吧？」

「哈哈哈！我最喜歡聰明的女人了，師父！是的，沒錯！根據我拚命蒐集到的資訊顯示，這個時期只有一天，河川會整個乾枯到可以過去！」

「哦……」

「真的嗎？」

師父與弟子，都隱藏不住他們驚訝的神色。

而弟子則將他想到的疑問直接脫口而出：

「不對，這個，怎麼可能會發生呢？不管怎樣都不太可能啊？這個時期只要雪一融解就會很豪邁的流下來啊？如果要讓水退，怎麼想都只有在其他時期才會發生，比方說枯水期之類的。」

「那個山脈地區是沒有雨季旱季的，一整年都下同樣多的雨或雪。」

「哎呀。」

「有關這點，我作出了一個推論！」

博士開口了。其他人可能聽過一次，並不怎麼驚訝。只見這位青年特別對師父與弟子說道：

「能讓河川的水一口氣減少的原因，除了枯水就只有用大壩攔水了。在這河川上游的高聳山谷，應該還積有大量的冰雪對吧？如果這些冰雪開始融解，沿著陡坡一下子雪崩下山，把狹窄的山谷覆蓋起來的話會怎麼樣？不就成了天然的大壩嗎？」

「喔喔，原來如此。」

「這應該就是所謂『堰塞湖』的原理了。雖然如果原因是土石流的話規模比較小，但那也能讓河川在堰塞湖崩潰前一段時間大幅減少流量。我推測這個時期只有一天的意義，應該就是每次冰雪崩解到同一處場所形成大壩與湖，到最後崩潰所經過的時間。雖然地質學不是我的專長，但如果能實地親眼見到這樣的現象，也是一件非常有意思的事。」

「原來如此……這個，我真的很佩服。」

弟子忍不住拍起手來。

「我也是。這傢伙真的是個天才。」

泰德也表達讚美。在搔頭回答「還好啦」的博士旁邊，從剛才起便一言不發的歐奇開口了：

「不過，聽說歸聽說，沒有人真的看過河水退去的樣子。如果是期待落空的話，我投下去的資金可要你全部賠償喔？泰德。」

他不斷搖著禿頭以銳利的眼神瞪著泰德，然後說：

「我已經這樣等了十天了，食物也只剩下三天份而已。」

「別擔心啦，歐奇老爺。食物省著點吃，還可以撐五天。說不定明天就會發生奇蹟了啊？」

「你昨天就這麼說了，明天你還要這麼說嗎？哼！」

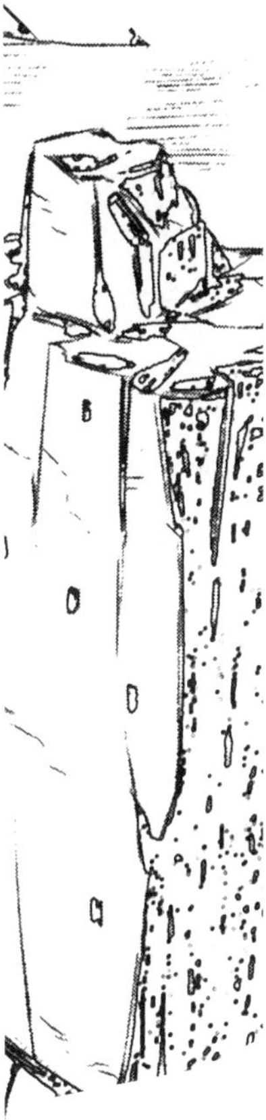

「尋寶的故事」
—Genocide—

歐奇似乎不太想再說下去，鼻子哼了一聲就結束對話。

弟子聽完兩人的對話後，瞪大眼睛對牛仔問道：

「也就是說，泰德你是嚮導？歐奇先生則是跟著你過來的……？」

「對啊。你們聽了可別嚇一跳，我到的時候，已經有三個人在這裡待上七天了。」

博士插嘴回答。

「咦？三個人？」

「沒錯，我呢，想不到有這種尋寶旅行團。我第一次聽說這種事的時候真的很驚訝，不過因為很有趣，最後還是把錢砸下去參加了。」

米夏自顧自的開口試著要插入話題，博士繼續說：

「這兩個人是在北方的國家被泰德說動，花了大筆金錢預備旅行工具及食物、燃料，一起坐卡車過來。我則是在別的國家聽到無人之國的傳說，突然之間一時興起，獨自一人努力過來，因為我就只擅長駕駛。雅吉他們則是在旅行途中完全不知道的狀況下，單純偶然的在這裡碰到我們，聽說了財寶的事，覺得可以用來賺旅費，就從前天開始留下來了。然後今天就是你們過來了。這樣一想，總覺得是命運不可思議的引導呢！」

「的確，這是不可思議的偶然。不過，我還是有一事不明耶？」

弟子開口說出疑念。

「泰德先生——你得到貴重的資訊就好，為什麼還要找人一起過來呢？你一個人來到這個國家，把所有財寶都帶回去不就好了？」

「這個嘛，也是理所當然啦。不過，就算是你們，只要水一退就真的可以單獨過河嗎？我可不想死在這種地方啊。再說，就算是小國，全靠一個人尋寶也未免太廣大了。既然聽說財寶有不少，那麼靠眾人同心協力，買個安全也是一種策略啦。」

「原來如此。這樣的話，我們也可以參加嗎？」

「當然。只要遵守『互相不打擾』的規矩，寶藏誰發現就歸誰！」

第二天。

昨天夜晚還下著的細雪，已經失去將大地染白的力量，化為一點一點的潮濕。

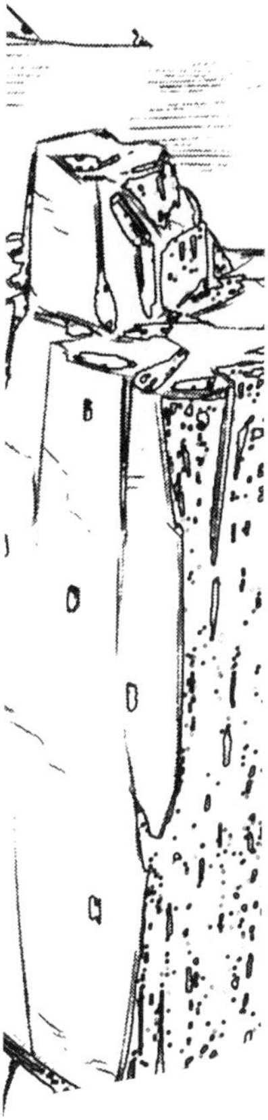

「尋寶的故事」
—Genocide—

天空依舊灰暗，時間上應該正要從地平線升起的太陽，它的位置也無法辨認。

在廢墟之國的河川外，稍微高一點的河岸邊，出現了八個人的身影。

他們穿著各自的服裝，帶著各自的武器。師父跟弟子，還有牛仔泰德的右腿與腰上都掛著槍套。

農夫裝扮的歐奇，帶著一支槍管與彈匣事先折好、狩獵用的折疊式散彈說服者。因為短槍管可以讓散彈的顆粒散布的範圍更廣，是個相當凶惡的槍械。

美豔大姐米夏，則在槍套裡收著一把可以放在手掌心的小型自動式掌中說服者。雖然是小口徑的護身用槍械，但已經不能問她到底有沒有武器了。

雅吉與雅音兩人，則在腰間槍套裡塞了說服者與刀子。因為他們從未把說服者掏出來過，不太清楚他們的槍械種類。只有博士，完全沒有任何武裝。

所有人都各自帶著包包——大小不同的背包與斜肩包。這是為了要能空出手來，搬運財寶用的。

八個人整整齊齊地排成一個橫列，一直凝視著河川的水流逐漸減少的樣子。

注意到「這現象」的時間，是在黎明後沒多久，而且八個人幾乎是同時察覺。

原本到昨天晚上還很吵鬧的響聲，急遽變弱了。

所有人都跳起身來，匆忙準備了一下，就聚集在河岸邊。

而如今就在八個人的眼皮底下，濁流持續轉變成淺淺緩緩的水流。只花了幾分鐘的時間，河川中原本連頂端都看不見的石頭開始露出形體。

「太好了……」

泰德喃喃自語的同時，河川的水慢慢的流乾。

原本是孤島的國家，和陸地連接起來了。

整個世界沒有風吹過，變得非常寂靜。

原本那麼排拒人的激流，現在已經變成小溪水。

八個人越過細細的水流，同時注意腳下不被濕石頭絆倒，就這麼渡河了。在翻過城牆大幅崩塌的瓦礫堆後，他們進入國家內部，就這麼毫無驚奇的「入境」了。

他們把這處距離先前投宿的建築物最近的崩塌區域，定義為「入口」。

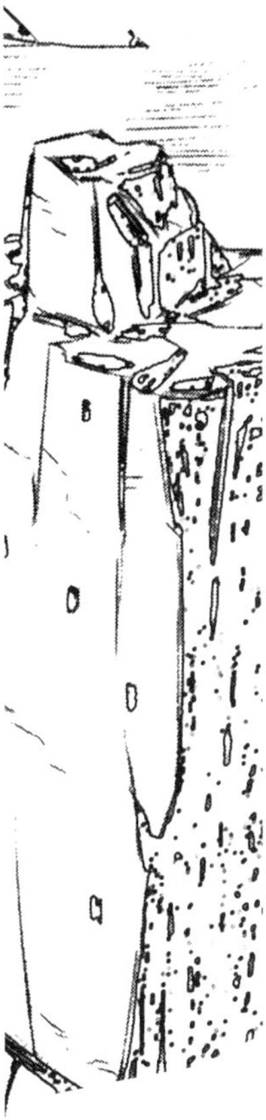

泰德他們，在卡車上事先儲放了相當數量的高性能炸藥，以及能鑽洞埋藏這些炸藥的鑽岩機。必要時他們可以用來在把城牆鑿穿，開出一條入國通道。不過這回好像完全派不上用場。

為了預防萬一，他們在河上架了繩橋。一邊綁在岩石上，一邊則用鐵錨釘在對岸的地面上。兩條堅固的繩索，在空中繃得很緊。

這繩橋，也是泰德他們事先準備好的。如果河水比預期還要快流回來，也可以學猴子攀在繩索下方渡河。

就這樣，在萬全的準備結束後——

「好啦各位！寶藏任君拿吧！」

在荒蕪一片的國內，他們開始盡情物色地點。

畢竟，如果傳聞沒錯，他們只有一天的時間。就算有二十四小時好了，基於安全考量，在今天日落、天空全黑以前，漫遊時間就要歸零了吧。

所有人掏出平常不太使用的錶，對時過後，就戴在手腕上、或是放進口袋等容易取出的地方。為了不讓錶停，大家都沒忘記要確實上緊發條。

現在時間快要八點。他們已經花了兩個小時，觀察河川的狀況。

接下來，所有人共同決定十點整要回到「入口」附近集合一次，然後便依循「東西誰發現就歸

誰」的規矩，分散到四處行動。

一起行動的人，有雅吉與雅音這對情侶、以及師父與弟子，共兩組人馬。

泰德與歐奇一出發就分道揚鑣，朝廢墟的不同方向衝去。米夏也一下子就不見人影。只有博士這麼說：

「我的目標是研究，不太喜歡把屍體當獵物。不過算了，如果眼前有丟棄的東西就多少拿一點……這也是為了研究經費……」

然後就消失在某處了。

在狹小的國內，一條寬度僅容兩人勉強擦身而過的窄石板通道兩旁，紮紮實實的建置了幾間小屋子。

可能只有屋簷是用木材或草建成的，現在整片都看不見。薄薄的牆壁雖然還殘留著，但有一半已經腐朽崩塌、另一半也差不多快崩塌毀壞。因此通道有多處被堵塞住，幾乎成了迷宮。

通道旁邊有一條把河水引進來的小水溝，還有一處蓄水池，應該是國內的水道遺跡吧。水面邊緣可以看到略帶混濁的綠藻，它們可能是這個國家唯一的生命體，纖弱地生存著。

國內地形大致平坦，不過到處可見到比屋子還要大的岩石，被打造成可以登上去的階梯。這些在建國時期用盡各種方法都無法搬運出境的巨石，就這麼成了瞭望台。

雖然一爬上去就可以將這個小國盡收眼底，不過因為原本在階梯頂端的扶手已經完全朽壞，目前成了一腳滑就有可能摔落地面的恐怖場所。

再說，現在沒有悠閒參觀的多餘時間。

師父他們和其他探索者們，正專注地在廢墟裡四處搜尋。基本上眼前這處廢墟除了瓦礫就沒有別的，不過還是可以發現似乎有人存在的地方，就直接進行挖掘。

把崩落的岩石移除的徒手作業，相當耗費心力。

不過，耕耘後的收穫是豐盛的。

師父與弟子兩人，在堆積成山的石塊底下發現化為白骨的屍體，這些白骨幾乎每一具的手指上，都套著黃金與寶石的戒指。

「這個，太棒了……」

弟子的眼睛閃閃發光。師父雖然面無表情，但她心底也很高興。

這些戒指大到讓人以為拿來揍人的時候可以加強威力，黃金含量也跟戒指一樣大，當然鑲嵌在戒指上的寶石也很巨大。

弟子把戒指從褐色有髒汙的指骨上拔下來，說：

「一整塊金子！哎呀，太棒了！如果世界上的戒指都像這樣的話，就不會有人不小心丟掉遺失了吧……」

弟子把背包扣好後，便將已經不需要的指骨隨手向後一丟，就像是把一道雞翅料理吃完以後的處理方式一樣。

兩個人蒐集了一百個以上戒指的時候，錶上的指針指在九點四十分。

「好快啊，不過我們也大豐收了，那麼——」

弟子與師父開始從廢墟內回去「入口」。

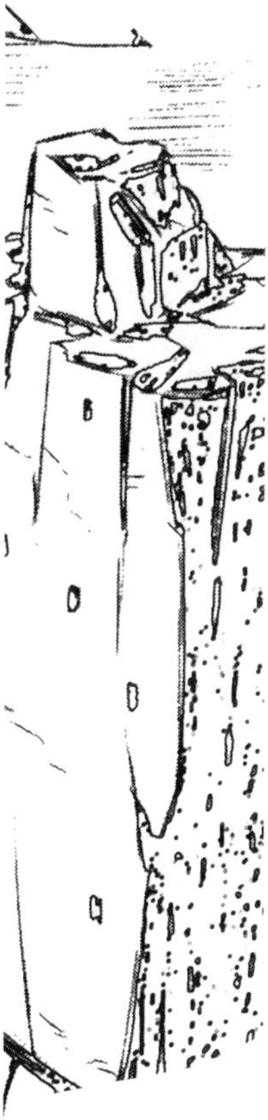

因為兩個人已經深入國內，回程的路上與其說是迷路，不如說他們確實繞了點遠路。
也就是說，他們先一口氣走到國境，再沿著城牆走。這樣一來應該可以確實抵達「入口」。
只是，他們絕不緊貼著城牆走。在長年的風雪下，由大石塊砌成的城牆現在也快崩塌了。
面對這樣的城牆——
「………」
「師父，我要丟下妳先走囉？」
師父偶爾會向上仰望看一下，不知道想些什麼。
回程路上，他們遇到了一塊大岩石。
「師父，我要丟下妳先走囉？」
只見師傅默默的登上岩石，向四周看著。
「真是的……師父？」
弟子無可奈何的跟著爬上來。
「喔，不錯的風景。」
他們欣喜地看著視野內的風景。
眼前看到的是山、然後是河川。

雖然現在已經沒有水，不過在昨天以前還有滾滾濁流的狀況下，原本從山那邊直接奔流過來的河川會正面沖向國家。而在那個正面沖擊的地點，有一塊很大很大的岩石。

岩石寬約一百公尺，高度因為比城牆低，大概有十五到二十公尺高吧。是座巨大到也未免太巨大的一塊扁平岩石。

「好大啊～」

弟子說完感想後，不發一語的師父終於開口了：

「你要記住，那是這個國家的奠基石。每年河川濁流破壞積雪大壩衝過來的時候，就是靠那座岩石將水流左右分開防護著。事實上也正因為這樣，這個國家才會在這個地點成立的。」

「原來如此。不過風景真的很不錯。」

師父把悠閒眺望風景的弟子丟下不管，從大岩石頂走下去。

「啊，等一下啦！」

在路上作了其他閒事的師父他們，結果在正好十點的時候抵達「入口」。

「哇哈哈哈！相信你果然沒錯！哇哈哈哈哈哈！」

他們看到一名頭髮長不太出來的男子，仰望多雲的天空張著鼻孔放聲大笑。就是那位昨天非常不滿心情也很不好的歐奇。

「想不到『旅行費』這麼簡單就回收啦！哇哈哈哈哈哈哈哈！」

只見他簡直就像另一個人般的快活笑著，手掌則不停拍著旁邊那名鬍鬚男子的背部。

「我就說很痛了啊——算了，反正一切都好。」

在充滿笑容的那兩個人面前，擺著兩只背包。想不到他們可以蒐集到那麼多，背包裡頭塞得鼓鼓的，整個形狀非常緊繃。

可能他們連屋子裡的任何小裝飾品、以及不論如何低價只要能換到錢的物品，都毫不考慮地蒐集起來吧。

雅吉與雅音兩人，也將對他們來說算滿重的背包放在腳下。看來他們平常就親密的黏在一起，也不顧忌他人的眼光。

米夏和博士則還沒回來。

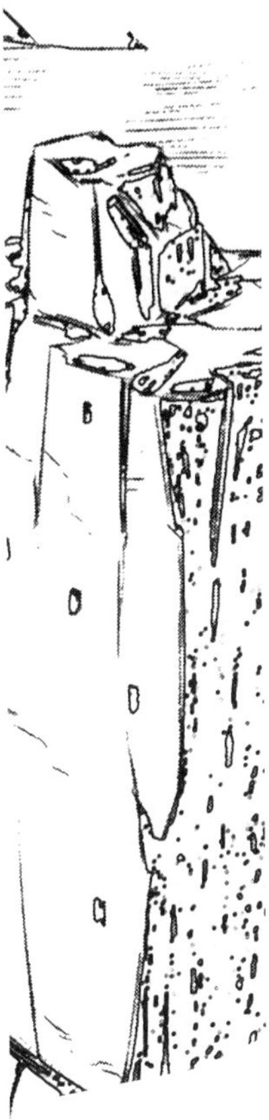

「咦？我以為我們是最後到的耶。」

弟子帶著師父一面說，一面與眾人會合。歐奇說道：

「算了，別擔心。我們就先去把東西放回車上吧！在日落以前，我們就來比一比誰的收穫最多！」

他一說完就準備把自己的背包提起來。

「不，不能這麼作。而且，不這麼作比較好。」

師父否決了。歐奇則疑惑地反問道：

「為什麼？小姐。」

「因為無法保證再回國內物色寶藏的過程中，不會有人捲走所有財寶潛逃。如果財寶被奪走、車子被破壞、人也被他逃了，該怎麼辦？」

「原來如此……這麼講，也是有道理啦。」

歐奇放下背包，對泰德問道：

「那我們該怎麼辦？可別說打獵才兩個鐘頭就結束了啊，還有很多獵物不是？」
「為了防止有人中途脫逃，我認為應該要讓所有人一起渡河才是正確的策略。或許還有別的方法，總之現在就先在這裡等大家集合，然後再一起討論看看。」
「也好，我正好也想稍微休息一下。」
在泰德這麼提出建議，錶上的指針指到十點五分的那一瞬間——
他們聽見了說服者的槍聲。

砰！砰！砰！砰——！
乾澀的槍聲連續發出，經過岩石與城牆的反彈後傳了過來。
在場的六個人，全都採取聽到槍聲時的必須行動。也就是說，儘可能的壓低自己的身子。
這當中第一個作出反應的是師父，在聽到第一聲槍響的下一剎那就當場趴下，手也朝槍套伸去。弟子與泰德稍微慢一點、再來是雅吉與雅音、而最慢的歐奇——
「嗚啊！」
則是用力屈下他的身子。
雖然聽見槍聲，但沒有聽到子彈飛過來的聲音。如果子彈沒有飛過來，也不會有人被擊中。

世界再度靜寂。終於在十幾秒後，泰德開口悄聲說道：

「那個，應該是米夏帶的小說服者吧。距離沒那麼遠，差不多一百公尺左右。」

弟子說了一聲「也是啦」表達同意，繼續說：

「到底是怎麼了呢，會不會是看到蛇，嚇到開槍啊？」

他的話語連一點緊張感也沒有。

「呿！來亂的！」

歐奇丟下這句話站起身來，然後：

「如果再等一下還不來，雖然麻煩，大家只好去接她了！那個女的，說不定已經腳軟走不動了！」

似乎是忘記自己剛才也差點腿軟一般的這麼說道。

雖然每個人對「等一下」到底算多少時間的定義各自不同，不過錶上的秒針已經差不多轉了四

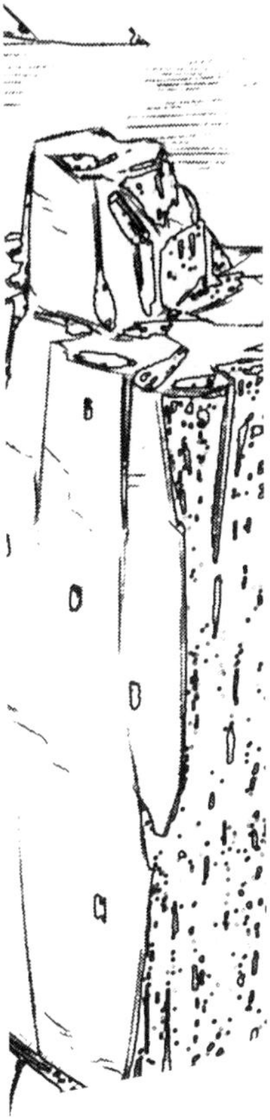

圈。

這段時間，六個人坐在石頭上，喝著水壺裡的水、或是配著茶點，輕鬆地等待著。

河川的水依舊是退的，沒有增加的跡象。小溪的聲音很安靜。

然後，小小的腳步聲逐漸朝這裡走來。

「各、各位，是這樣的……」

博士一面說著，一面從岩石後方現身。奇怪的是他的臉色相當蒼白，纖細的手也不停微微顫抖。

「雖然，有點奇怪，這個……在對面的大岩石……旁邊……」

「怎麼了？」

面對泰德的問話，博士虛弱的答道：

「那個……已經死了……看起來應該是……是米夏……」

米夏的屍體，就在岩石旁邊。

在高聳的岩石旁，距離岩石頂端的瞭望台應該有十五公尺左右吧。換算成樓房高度應該是四層

樓高的公寓等級。

在岩石旁邊的石板地上，米夏的臉朝下橫躺著。雖然她的面容被金色短髮遮住看不見，不過四周已經積成血池並向外擴散，而且還真的冒出一點白白的蒸氣。

而她的遺體周圍似乎是裝飾般的，灑滿了從包包散出來的寶石，即使在多雲的天空下，也閃閃發光。

奔到米夏身邊來的七個人，先是吃驚，很快就冷靜採取行動。

弟子從槍套掏出點四五口徑的說服者，持槍開始警戒四周。師父則在同時觸碰米夏的纖細手腕：

「沒有脈搏。從這出血量來看，十之八九已經死亡。作個確認。」

她說話的語氣跟先前相比沒有變化，接下來就將米夏的身體翻滾了一下。

可以看到米夏的面容被染血的頭髮黏著，額頭完全凹陷，額骨應該碎裂了。

因為腦漿並沒有噴出，面容幾乎保持完好，算是一具「還可以看的屍體」，不過是好是壞就不清楚了。

沒有呼吸、也沒有動作。頸骨很詭異的向外凸出，應該是被折斷的。師父在遺體各處觸碰檢視，並沒有發現其他外傷。

「從頭的狀況看來……應該是頸子折斷當場死亡吧。」

不太說話的雅吉自言自語著，雅音雖然躲在他的身旁，視線還是沒有離開屍體。

至於歐奇——

「喂！博士！發生什麼事了？」

不知道是看到血太激動，還是太害怕，或者是兩者都有，他以非常粗暴的語氣嚷叫著。被他瞪視的男子從剛才開始就一直臉色蒼白，回答道：

「我不知道啊！我正急著要回去的路上就聽到那幾發槍聲，然後聽到有什麼東西掉下來的聲音……因為實在太可怕了我蹲在原地有一陣子，等到我靠近過去就變這樣了……」

「人是你殺的吧！啊？」

「這怎麼可能啊！」

泰德出聲制止：

「慢著慢著！喂，她的說服者去哪裡了？」
「這個嘛，是不在這啦。」
弟子回答道。遺體翻過來沒看到，肉眼看得到的範圍裡也沒找著。師父則說：
「如果連口袋裡都沒有，應該就在岩石頂——去拿回來。」
弟子很快就跑上去，然後又回來了。
「有耶，就在最頂端。」
他的手上是一把小型自動式掌中說服者。槍裡子彈數為零，滑套則退到底卡住了。
「看來全部打光了。岩石上面只有空彈殼而已。」
弟子話剛說完，師父就再一次看著博士問道：
「你在槍聲前後，再微弱也好，有沒有聽到像慘叫的聲音？」
「不、沒有……我完全沒有聽到……」
「那果然就是你幹的啊！」

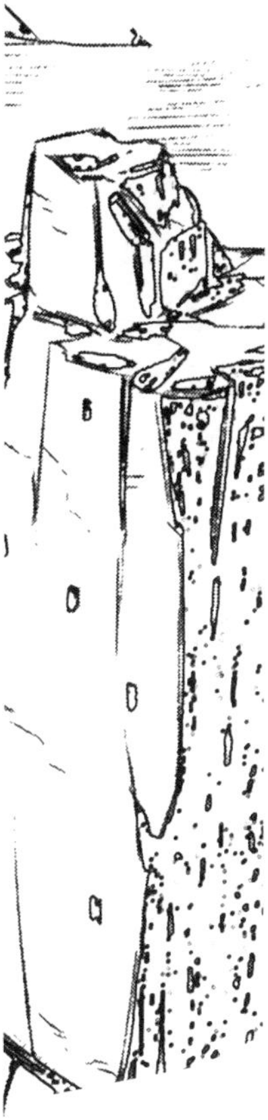
「尋寶的故事」
—Genocide—

「就說不是了啊！」

「要不然還會有誰——」

師父舉起單手制止歐奇插話，繼續說：

「就讓我來說目前已知的事吧。蒐集相當多寶石的她，從這個岩石上摔落死亡了。死前很快發射六槍，不過沒有聽見慘叫聲。」

「然後當時沒有和大家在一起的，就只有博士而已！」

「歐奇先生！就說了不是我啊！」

弟子中途插話了：

「這個嘛～看他這瘦弱的身手，如果被槍擊還能完全沒事，甚至還可以把人從高處推下去，不覺得這很勉強嗎？歐奇先生。」

「也是啦。不過他也可以跟女孩子一起上去，要她先開幾槍再趁不注意把人推下去啊。例如可以跟她講：『我們不知道回去集合場所的路，用開槍當暗號告訴他們』。」

「這種事我才沒作！我什麼也沒有作！我沒有說謊！再說如果我是犯人，為什麼還會來跟你們報告啊！」

「吵死了小鬼！其他人都已經集合了！不然你說還會有誰幹這種事！」

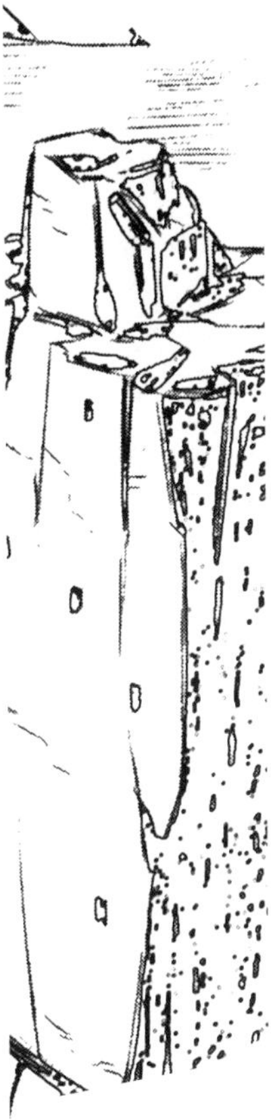

「誰知道啊！說不定還有誰、不認識的人突然進來了啊！」

快哭出來的博士這句反駁，讓全場恢復寂靜。

換句話說，在自己與沖沖尋寶的差不多兩個小時期間裡，不見得沒有其他人也渡過乾涸的河川，進來這個國家。

「唔！」「可惡！」「……」

原本還互相窺探臉色、互相瞪視的人們，急忙將眼光投射到四周去。大家的感覺都一樣，在這個視野不佳的廢墟裡，或許已經有殺手偷偷摸摸的混進來，對此感到恐懼。

「至少剛剛在岩石上，我是沒有看到什麼人啦。師父，怎麼辦？」

弟子問。

「不靠任何交通工具就來到這裡的可能性，雖然不是零……但相當低。」

「啊，對了師父，回來路上我有四處觀察過，連同『入口』在內，沒有發現新車輛的蹤影。而且，雖然我並不怎麼敏銳，但也沒察覺到有任何人在。」

聽著兩人的對話，歐奇在恐懼的同時鬆了一口氣。

「不管有沒有新的人在，我們確實不知道是什麼狀況也是真的！該跟這個地方道別了！」

接下來歐奇作出忠實於欲望的舉動。他突然屈下身體，開始用雙手抓住散落一地、彷彿裝飾米夏屍體的寶石。

「這也是收穫！先拿先贏、我就接收啦！收完就馬上離開吧！」

「想不到您這麼清高……」

弟子則悄聲自言自語，不知道他是真心還是諷刺。

「不對，國內應該還有財寶等我們再去蒐集！」

泰德提出反駁，這是比歐奇還要貪心的意見。

「什麼？都到了這個地步了？你認真的嗎？」

沒想到，第一個贊同泰德的人，是博士：

「我也是……難得進入這個國家！說不定是一輩子只有一次的機會！不用真的到日落，我只希望蒐集到中午以前就好了！」

「你說什麼？我說博士你，你這懦夫在說什麼大話！」

終於連沾上屍體的血的寶石，都開始抓進包包裡的歐奇，大吼回去。泰德則什麼話也沒說。

「我不管你是要研究還是要幹嘛，連武器都沒帶，如果有人要取你性命，又該怎麼辦？你說啊？」

這話很有道理，想必博士應該無法吭聲了。然而他卻回道：

「既然這樣，大家一起行動不就好了！至少我們沒有互相殺害的理由吧！而且寶藏不是也多到一個人帶不走嘛！」

「這樣的話，探索的效率會下降！」

「歐奇先生，這是一個說要馬上離開的人會講的話嗎！就算大家一起行動，只要在這個國家裡，你們的收穫就會增加！我也可以作研究！這不是一件好事嗎！再說了，如果到時還有別人襲擊過來，你們也就明白我不是殺害米夏的犯人！」

「唔……」

面對博士展現出令人意外的氣魄，蒐集完寶石的歐奇悶聲不語。因為他說的一點也沒錯。

「哼！你講話還挺有精神的嘛……是不是看到女的屍體就興奮起來啊？」

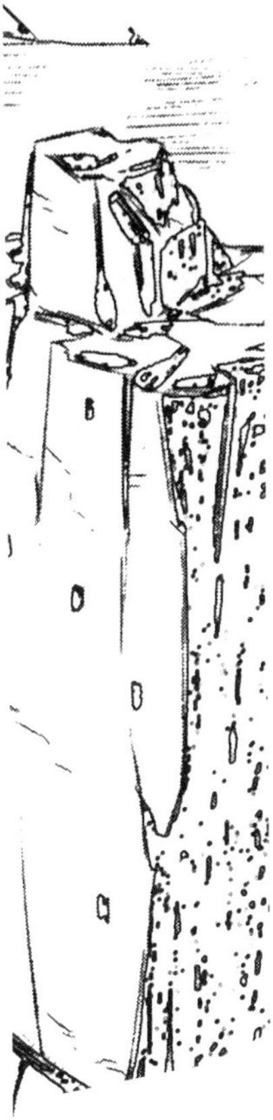

歐奇只能擠出這一句低俗嫌惡的回應。

泰德發問了：

「其他人覺得怎麼樣？雖然探索的效率會下降，不過之後就是一起回車上——而且一定都在互相可以看得到的地方，這樣如何？」

「我沒什麼異議。」

「我跟右邊一樣。」

師父與弟子立刻回答。

問到最後那對年輕情侶時，只見雅音在雅吉耳邊說悄悄話，看起來講了很久，似乎把她所想的全部告訴他了。接下來雅吉就面對眾人說道：

「我們這樣也可以。只是——至少在上廁所的時候，可以讓一個人遠一點吧？」

「嗚哇！小妹妹妳好可愛！」

泰德忍不住脫口而出。雅音則似乎是羞澀的，躲在雅吉後面。

「人類就算死了一人，還是要繼續尋寶。」

弟子用誰都聽不見的音量悄聲說。

「請問……她的遺體該怎麼辦呢？」

對於博士的問題，泰德雖然露出厭煩的表情，還是認真的回答：

「沒怎麼辦。不好意思，就這樣擱著吧。」

「咦？那我們怎麼跟她的親人說？」

「我們不知道她有沒有這種人啊。這位小姐在出發的時候，什麼事都沒跟我們說，連歐奇老爺都會講：『如果我出事了，請把錢送到這裡』，但這類的話她也沒有說。還在想她是不是在過與世隔絕的生活呢。」

「那麼，至少可以把遺體帶回國……」

「帶回國，然後讓大家懷疑我是殺人犯嗎？我可不要。這點你應該很能體會吧？」

「………」

博士不再說話，問答也結束了。

泰德拍著手說：

「好啦，探險再度開始。可別離太遠喔。」

一個小時過了。

這段時間，七個人在每一個場所都一起行動。

不管是走動還是把腳底下的瓦礫移除的時候，七個人一定都在互相可以看得到的地方，警戒四周、也警戒彼此。

特別是一直被歐奇緊迫盯人的博士，雖然說：

「我可是什麼也沒作啊！」

但他還是很確實的把自己想作的事情作好。

具體而言，他會四處一點一點的採取少量土壤、水與藻類，分別裝進背包裡頭大量的試管內，然後在標籤上仔細的作標記。

雖然不像一開始那兩個小時那樣豐收，但還是收穫到相當數量的寶藏——十一點半，七個人在一處周圍有牆壁的廣場裡休息。

他們直接坐在平滑的岩石上，各自攝取水份、啃著攜帶糧食。這時候泰德發問了：

「我說博士，『研究』是什麼東西？從剛才開始，就看你到處在玩沙還把它蒐集起來，到底在搞什麼我完全搞不懂。」

「是的，我在作『細菌』的研究。」

「啊啊，西軍啊！——那是某個軍種的名稱嗎？」

「不對！是細菌啦，是一種小到眼睛看不見的微生物。或許你可能不會相信，這個國家還有很多種類的生物活著喔。」

「喔~這真是太神奇了。那麼，你蒐集那些，打算要幹嘛？」

「作成藥。」

「藥？」

「分析成分之後，有可能製成對人體可以發揮效果的新藥。或許這種藥，可以拯救重症患者的生命也說不定。當然，這也要看接下來的研究成果而定。」

泰德不怎麼感興趣的「哦」了一聲。

「不錯喔，如果研究順利就好了，加油啊。」

不過歐奇卻出聲鼓勵。這讓包括博士在內的在場所有人，都有些驚訝的看著這名禿頭男子。

「幹嘛啦？」

他露出不滿的表情。

「要上廁所，我們先離開一下。」

在休息時間即將結束的時候，雅吉開口，同時也與雅音一同站起身來。泰德說：

「喂，只有你們兩人不要緊吧？要不要把師父這個唯一的女人一起帶過去啊？」

「不要緊的。雖然難以啟齒，但我認為只有我們兩人反而比較安全，也期待大家繼續一起留在這邊。」

「哈！你真會說。那麼，你們就慢慢來吧。」

當兩個人消失在十公尺外的家屋外牆裡面以後，留下來的成員開始討論今後該怎麼辦。

歐奇說因為背包已經裝到極限，想要一起離開這個國家。

泰德則很明顯地露出苦澀表情，說他還想再尋寶。

博士也贊同撤退，不過他附帶了回程途中要給自己有時間採取土壤之類的條件。

而師父則說：

「因為已經有十二分的收穫，我們也——」

她打算表達贊成回去的意見，被強烈的槍聲阻止了。

尖銳的槍聲響起，聽起來比剛才米夏的槍聲還要可愛。而且還有另外一種槍聲，連續響了十發以上。

「就在附近！」

所有人用各自的反應速度臥倒在地。這一回：

「咿！」

動作最慢的是博士。

槍聲有兩種，重疊在一起彷彿連續擊發。聽起來有點像是兩人交互對射，又有點像是一個人朝

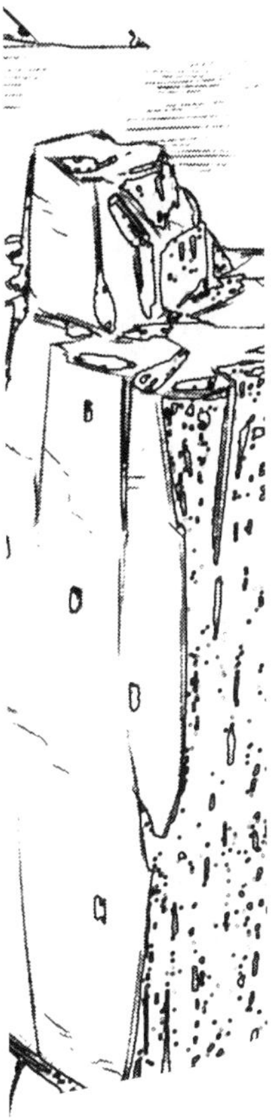

對方不斷開槍的樣子。不曉得是不是因為牆壁的關係，沒有任何子彈飛到師父他們所在的位置。

激烈的連射雖然結束，不過仍有零星的槍聲，就在這時——

「雅吉他們被襲擊了嗎？他們在反擊吧？」

泰德說道。

「說不定是他們兩人在互相開槍。」

弟子回答。

「管他們誰殺誰，為什麼啊啊啊？」

博士大叫著。

「誰知道啊！可惡，所以我就說要快點離開——」

歐奇帶哭腔的話，被來到眼前的某個物體打斷了。

這個劃出一道平緩的拋物線飛過來，最後咕咚一聲掉在廣場的物體，是一個不斷噴出大量白煙，看起來像是罐裝噴霧器的大型圓罐。

換句話說，就是煙幕手榴彈。

雖然不會爆炸，不過卻在四周擴散煙霧大約有幾十秒。在目前幾乎無風的狀態下，煙霧愈來愈濃。

「可惡！」

聽到歐奇這句話後，就是一陣連續跑步聲，然後愈跑愈遠。雖然因為煙霧的關係看不清楚，但聽起來似乎是為了要出境而逃走了。

泰德則喊道：

「啊！白癡！一個人跑很危險啊！——我去追他，師父你們三個就留在這裡！可別死啊！」

「我知道了，他就交給你了。」

在師父的話送行下，可以聽見泰德衝出去的聲音。

「我、我們該怎麼辦……」

廣場已經被煙霧籠罩住。對於博士略帶哭腔的問話，弟子回答道：

「你就安靜臥倒在原地不要動，隨便亂動就中了對方的計。」

「咿！……」

就這樣，還可以再聽到幾聲槍響，然後槍聲就逐漸消失。幾秒後，白色的煙霧逐漸散去，終於

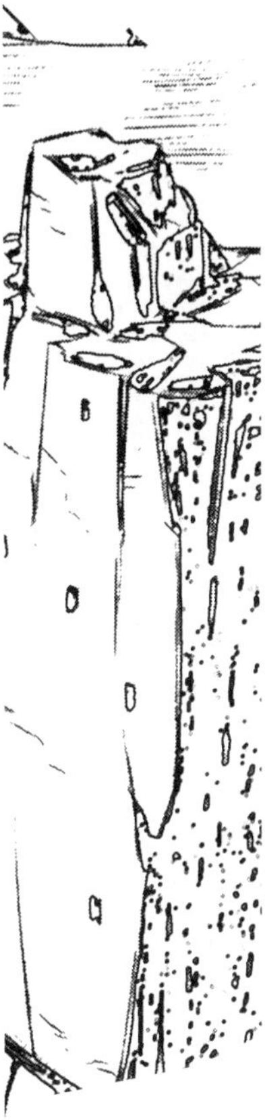

「尋寶的故事」
—Genocide—

可以隱約看見四周的情況。就在這時——

「救、救救我們……」

大家聽到雅吉的聲音，看到他從牆壁後方現身。

「呀！」

臥倒的博士看到雅吉，尖叫起來。

雅吉用右手摀著脖子，五個手指都被血染到全紅，鮮血從手指中滲出，滴答滴答的落在地面上。

而他的身體則背著雅音，她全身癱軟，一動也不動。

「不、不知道是誰……突然……我想應該，已經幹掉，他了……救救，雅音……」

雅吉眼神空洞，腳步不穩的走到師父他們面前，就氣力放盡跪在地上，背上的雅音也掉落地面。

面向天空掉在地上的她，整個臉都是鮮血，完全不知道她在那裡發生了什麼事。不過她還有呼吸。

「呃啊啊啊啊……」

大家第一次聽到雅音的聲音，就是如此恐怖的呻吟聲。

「咿呀啊啊啊啊啊……！」

師父在從剛才開始就只會發出慘叫的博士身邊，手持大口徑說服者站起身來。

「我和弟子過去看看。博士，你來照顧這兩個人。」

「要、要要、要怎麼照顧啊！」

「只要看著他們就可以了。然後——」

「是。」

「現在幾點？」

「咦？啊？」

「算了，等一下再說。」

師父與弟子的右手都帶著說服者，就這麼衝向前去。

他們抵達雅吉等人現身回來的家屋外牆，交叉掩護彼此的死角協調行動，在瞥了一眼目標地點後，就迅速消失在外牆前方深處。

至於和兩名傷患一同被留在現場的博士，則是身陷絕境的喃喃自語：
「到、到底該怎麼辦……才好啊……」
「那麼，總之，你就給我去死吧。」
「咦？」
博士知道那是女性、是雅音的聲音。不過他完全不知道她這句話的意思，以及意圖。
在他的眼前，滿臉是血的雅音突然起身，一片紅中疾射出白與黑的眼光。
她的右手握著刀刃相反的大刀，簡直像劃破虛空般的向下朝博士的喉嚨揮去——
砰！
槍聲響起同時，雅音的身體顫抖了一下，一瞬間停止不動，然後便向後倒去。
大刀離開她的手落在石地上，發出乾澀的聲響。接著她的身體倒在地面，發出更大的聲響。
「啊？」
在還沒搞清楚事態發展的博士面前——
「嘖！」
原本腳步不穩的雅吉突然像彈簧一般的站起身來，從防寒服裡頭掏出說服者，往子彈飛來的方向衝去——

但他在開槍以前，就先被擊中了。

不知何時已經走過四分之一圈廣場的弟子，從雅吉的死角、而且是相當長距離的位置，送過來一發精準清澈的子彈。

點四五口徑的空彈殼掉到岩石上，發出清澈如鈴的響聲。

雅吉的頭部側面開了個大洞，從洞裡不斷規律的噴血。他倒在地上，死了。

「……」

在癱坐在地上完全說不出話來的博士視野內——

「有受傷嗎？」

「看起來沒有。」

他看到師父與弟子各自手持剛開過槍的說服者，回到廣場來。

他們走近兩具血中仍然冒著蒸氣的屍體，用手觸碰頸部，淡淡的確認著死亡。

「……」

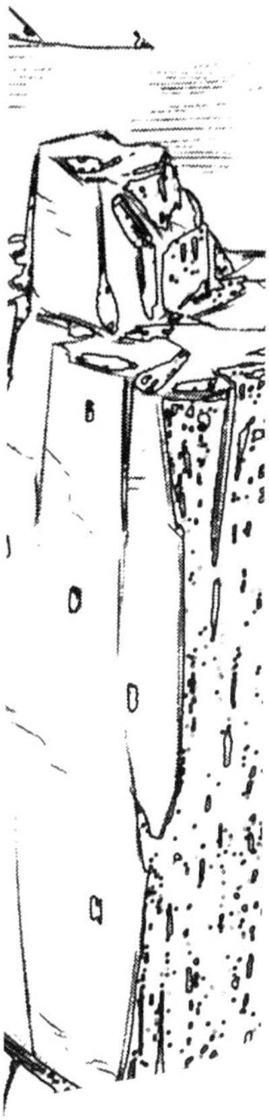

「尋寶的故事」
—Genocide—

博士無言的將身子向後退縮。

「嗚！」

結果他的手，觸碰到雅音掉下來的那只刀柄。

「呼！呼！」

雖然很寒冷，歐奇整張臉卻流著汗，他激烈喘氣，在瓦礫山旁邊奔跑著。

「喂，等一下！」

他聽到後面的人聲——

「咿！」

他先把散彈說服者轉往身體後方瞄準，在向後轉身同時失去平衡摔倒，差點就扣下扳機讓說服者走火了。

「是我啦！別開槍啦喂！」

從廣場跑到這裡大概有兩百公尺了吧。

「幹什麼！別嚇我！」

歐奇看到追過來的是泰德，也不管身體還背著飽滿的背包，就這麼大聲喊叫。

「別幹傻事啊！你一個人跑掉不是更糟糕嗎！」

泰德走向歐奇右邊——

「好啦，先放下來。」

他把歐奇沉重的大背包卸下，背在自己身上，再幫忙歐奇站起身來。

原本以為歐奇站起來以後會先道謝，不過——

「煩死了！我才不想回國以前就死呢！」

他卻先如此叫嚷著，接著吼道：

「對了！你也一起來吧！趕快跟這個國家告別吧！跟我們一起來的女人也不在了，應該沒有關係了吧！」

聽到這句話的泰德，思考約兩秒鐘後說：

「這個，也對啦……這麼說來，我還沒問過你要來尋寶的理由呢。」

「啊？——是生病啦。」

禿頭男子的臉上，浮現憂慮的神情。

「什麼？」

「我的妻子，生了一場很嚴重的病。聽說如果接受國內最好的醫療，就有機會治好。可是要花很多錢而且不能殺價，就算我把房子賣了也付不起。那傢伙雖然說『已經不要緊』想要放棄了，可是怎麼可以讓這種事發生！」

鬍鬚男子瞇起眼來，說：

「什麼嘛，原來你的理由這麼令人感傷啊……還以為你只是單純想要錢去玩樂呢……不好意思。」

「所以，我死也要回去！」

「這樣啊……那麼，你加油吧。」

泰德一面說著，一面從腰間拔起刀子，俐落的割斷歐奇右邊脖子的頸動脈。

「啊？什麼……？」

歐奇用手摸到了從他的身體右邊噴出、湧流的溫熱液體，再將那隻手的手掌移到面前看著：

「啊……？不要、怎麼……救——」

他眼中的焦點迅速消失，大量的血流在大地上，最後身體向左傾倒，不再動第二次了。

「計畫整個亂掉了啊。算了……也好。就這樣也好。好啦，剩下來的人該怎麼殺呢……」

泰德一面喃喃自語，一面把原本還是屬於歐奇的背包打開，用力翻攪，把裡頭的金銀財寶全都往四周亂灑。多雲的天空下，好幾道光芒飛舞著。

當他還在狂灑財寶時，聽見廣場方向連續傳來兩種不同的槍聲。接下來就是一片靜寂。

「喔？……情侶對決，是師父他們贏啦。挺能幹的嘛……不過……最危險的是……」

泰德把已經掏空的背包拋向遠處丟棄，再從槍套裡掏出掌中說服者。

泰德躡手躡腳，不發一聲的回到廣場來。

他窺探崩塌的牆壁旁邊，看到雅吉與雅音的屍體倒在那裡。

「可惡……好痛……」

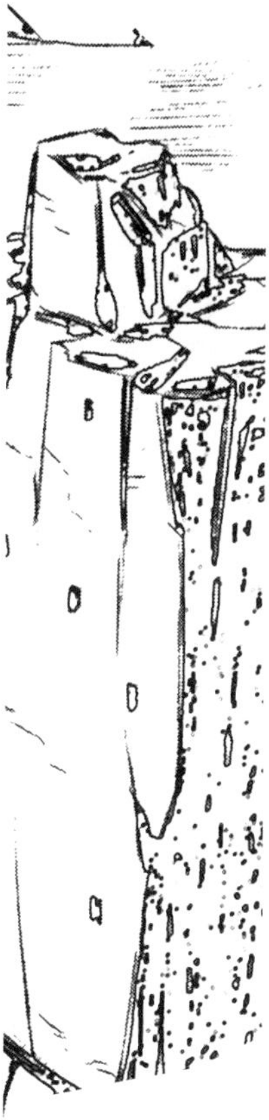

弟子則一屁股坐在離兩具屍體不遠的地方。

弟子的防寒服位於右手肘關節的地方，被整個橫向切斷，染上大量的血。

「啊啊可惡……」

他用腰上的皮帶當作是止血帶，拚命包紮上臂，甚至用牙齒把止血帶綁到最緊。

「怎——發生什麼事了……？」

泰德現身發問，好不容易把手臂綁好的弟子回答：

「啊啊，你沒事……歐奇先生呢？」

「我找不到他了，可惡——那麼，這是怎麼回事？雅吉和雅音是誰幹的？」

「那是我們剛才解決的。那兩個人，在上完廁所以後，還偽裝成在遠方被偷襲的樣子呢，煙幕也是他們放的。」

「怎麼會這樣！都已經有這麼多財寶了，還想要獨吞啊？實在是太超過了！——算了，反正人都死了。喂，手臂讓我看一下。」

泰德一面說著，一面看著弟子的右手臂。

厚厚的防寒服被切斷、下層的襯衫也被切斷、連手臂上的皮膚也整整齊齊的被切出一道傷口。

雖然曾經大量出血，在手臂綁住後，現在已經開始止血。

「傷口不太深，放心吧，晚點我幫你縫合。你是中了誰的招？」

泰德放下弟子的手臂問道。弟子則一臉怒意的回答：

「是博士！那傢伙，根本是裝的！你要小心啊，如果讓他拿刀，會是非常難纏的對手……」

「什麼！幹掉米夏的，果然是他嗎……」

「不然的話，還會有誰？」

「可惡！師父呢？」

「她避開了槍擊，去追那個到處亂竄的傢伙去了……」

「那麼，會不會也被幹掉了……？從剛剛開始，就沒聽到槍聲喔？」

「不會的，那個人才不會這麼簡單就被幹掉呢。」

「如果是這樣就好了……」

泰德站起身來，走到距離弟子數公尺的地方。他舉起右手的說服者，慢慢的轉向瞄準弟子：

「算了，總之，就從你先死吧。」

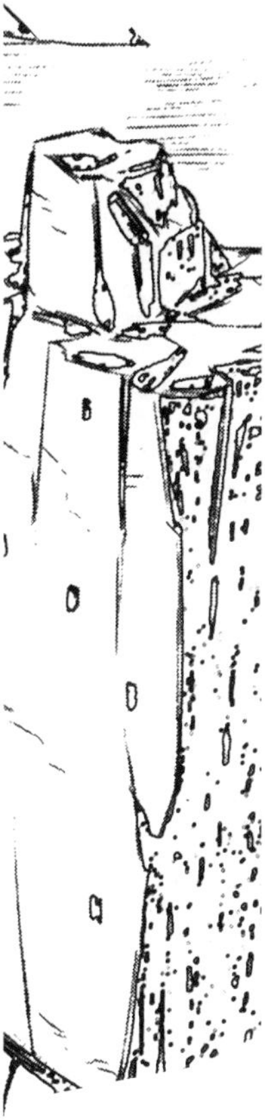

「尋寶的故事」
—Genocide—

點四四左輪手槍型口徑的厚重槍聲響起，在廣場牆壁的反射下，直衝天空。

「怎……麼會……？」

右手與左手、再來是右小腿與左小腿。身體有四個地方挨上子彈的泰德，一屁股跌坐在地。

「好、痛……」

命中骨頭的子彈，持續帶給他激烈的痛楚，四肢的自由也被完全剝奪。細細的血流出體外，非常緩慢的染紅他的外套與褲子，這種程度距離失血死亡還很遙遠。

「你……為什麼……？」

在泰德瞪大的雙眼前方，弟子站起身來了。

雖然右手臂確實無力下垂，看起來很痛的樣子；但健全的左手卻端著小口徑的自動式掌中說服者，就這麼對準了泰德。

「其實，我是個左撇子。不過，用右手也可以作一般的射擊啦。」

「你說什，麼……？」

「我之所以一直在右腿上掛槍套，是那個人的指示。其實我一直把這槍藏在衣服底下，能夠很順利的讓你受騙，真的是非常感謝。」

「我，受騙……？為什麼……？嗚，好痛……」

「雖然我刻意射擊到讓你不會死的程度，但還是別亂動比較好。詳細就等師父來吧。」

有腳步聲走近了。

從家屋外牆現身的，是手持說服者的師父，和一臉驚嚇跟在後面的博士。

「啊啊……？」

師父站在泰德面前，以一種雖然持槍的手持續垂下，但只要有心隨時可以瞬間擊殺的姿態，開口了：

「博士並不是個會砍人的人。」

「……那，弟子的右手是……」

對泰德的問題，師父輕描淡寫的回答：

「是我的偽裝工作。」

「什麼！」

「尋寶的故事」
—Genocide—

泰德大叫著，在一旁的弟子則插嘴進來：

「真的是很慘啊~很痛不說，為了要偽裝得像，事前什麼資訊都不跟我說就直接砍下去了！我忍不住要講，這個人是惡魔啊！不過你已經知道了。」

「……………」

雖然泰德的眼神像是在不可置信的看著一個呆子一樣，不過師父還是不受影響，繼續說：

「雅吉與雅音兩個人，先前假裝與不存在的敵人戰鬥，再偽裝成負傷的樣子，回到這裡來。因為放著博士不管，他們很快就可以殺害他，我們就開槍了。」

「啊，這點我剛才已經先說過了。」

「是這樣嗎。其實那兩個人，完全懷疑博士就是『殺米夏的兇手』，是個不能小看的傢伙，一定是個技術非常高超的職業殺手——而且，你應該也是這麼想對吧？」

「……………」

泰德默認了。

「我沒有那種力量！」

博士真的生氣了。

「我才沒有殺米夏！」

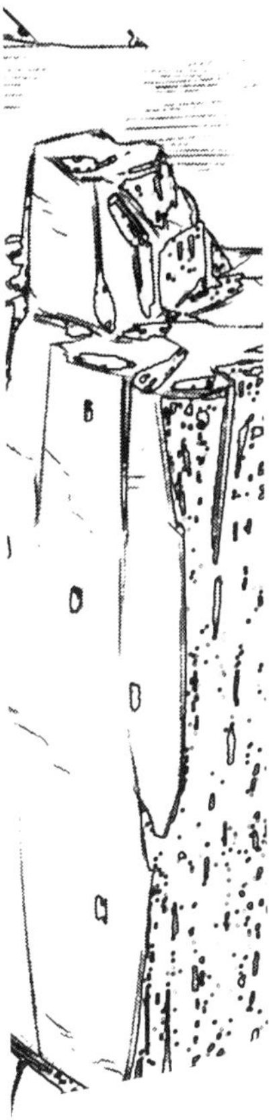

「當然，我明白。這個人，是不會說謊的人。」

師父很直率的同意著，讓博士和泰德的臉色都為之一變。博士變開朗了，泰德則變陰沉了。

「那妳倒是說說看，她是被誰幹掉的啊！可惡，好痛……該不會……真的還有『別的誰』在這裡吧……？」

泰德問道。

「是啊師父，我也很想知道。」

全身擺出警戒姿勢的弟子也提出要求，至於博士也一面張著鼻孔呼氣一面注視著師父。

「我們以外的誰嗎？沒有這種人。如果有交通工具的聲音或者是氣息靠近，大家應該都會察覺到吧。」

「那麼——好痛——是誰啦！誰殺了米夏？」

「不是我們，也不是博士，可能這麼作的人，就只剩下一個人而已了。」

「什麼？」

臉上一直冒著大滴汗水的泰德，突然有一瞬間露出忘記疼痛的表情。
「嗯……？」
弟子也歪著頭，拚命的思考著。
「不明白。」
但他很快就放棄不想了。
發現答案的人，是博士。
「該不會……是米夏……她本人……那是……自殺……？」
他畏畏縮縮的說。
「是的，這就是正確答案。」
師父則明快的肯定回應。
「什麼！」「咦~？」「啊啊——」
面對男子們的三人三種反應，師父開始論述了：
「兇手不可能是已經集合在入口的我們；然後，也不可能是手無縛雞之力的博士；這個國家也沒有其他人了。這樣一來，除了米夏以外不就沒有其他可能性了？還是你們以為，人類是絕對不可能會去自殺的呢？」

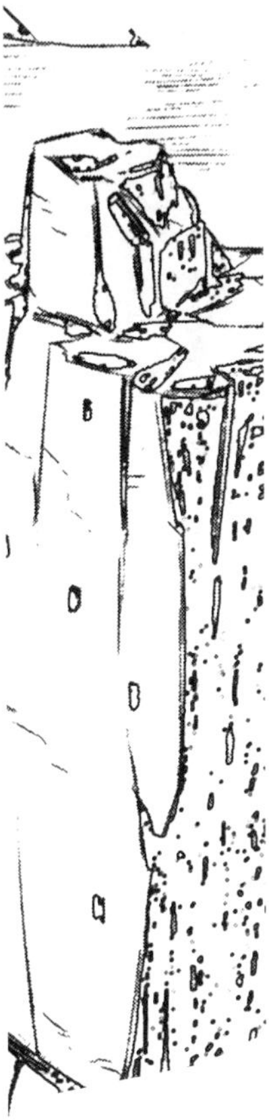

「…………」「…………」「…………」

對著讚嘆到說不出話來的三人，師父用說法的姿態繼續講下去：

「我的想法是，她應該一直在追尋自己的死亡場所吧。不過，她在自己國內無法下定決心，於是聽從泰德的傳言來到這裡，然後終於實行了。那時候，她想反正都要死了，就讓所有人都更加吃驚，也作為她人生最後的一齣戲。集合時間一過，就開槍讓大家以為她被他人襲擊，自己則頭部朝下飛身躍下，這樣才可以當場死亡。如果當時她是被他人推落的話，屍體不會保持得那麼美麗；而且從那個高度看來，也有摔不死的可能性。至於屍體旁邊灑落的大量寶石，應該是她為了裝飾自己，生前就灑在地面上的吧。」

「怎麼是……這樣……只為了要嫁禍給我嗎！太過分了！我是作了什麼事得罪她了！」

博士感嘆的說道。

「我想不是這樣的。」

師父立即回答。

「什麼？」

「我認為她當時以為：『所有人都已經集合了』，所以她完全不可能知道博士遲到的事。」

「那麼——她單純，只覺得好玩？」

弟子問道。而師父則大大點頭，說：

「她單純只覺得好玩，只為了要讓大家更恐懼一點。」

「怎麼會這樣……」

「不過，她卻無心點燃了導火線。」

師父繼續淡淡的說：

「雅吉和雅音，很害怕博士。他們認為這傢伙是個聰明的敵人，也很會騙人；用高超的技巧殺了一個人，而且還透過假裝有『事實上不存在的敵人』的方式，設計出一個『束縛狀態』讓所有人不得不一起行動。再這樣下去，他會一個一個的把人殺害。雅吉和雅音，應該都很焦慮吧。然後他們就這麼想：『既然這樣，就趁大家集合行動的時候，先下手為強吧』。」

「啊？呃，也就是說——」

博士表情發愣的問道：

「聽起來的意思好像是：『那兩個人打從一開始就打算把所有人殺了，獨吞所有寶藏』的樣子……？」

師父答道：

「不然還會是什麼？——博士，你最好認為聚集在這裡尋求寶藏的傢伙都是人渣，沒有例外。要認為所有人只要在大家都看不到的場所，殺任何人都不會手軟。還要認為可以的話，每個人都會想把所有人殺掉，獨吞所有寶藏。」

「我才不是這種人！這、這麼說來——妳的意思是你們也是這種人嗎？師父！」

「嗯，我不否認。」

「………」

弟子再度中途插話進來：

「你就別擺出一副這麼悲傷的表情嘛，博士。託你的福，我們才搞懂對手的行動。懷疑與警戒，可是在人群中生存下來的智慧，希望你能想清楚。好了師父，請妳繼續說～」

「雅吉與雅音的『被襲擊的演技』，當然是模仿『幻想博士』這個恐怖強敵的戰術。運用被

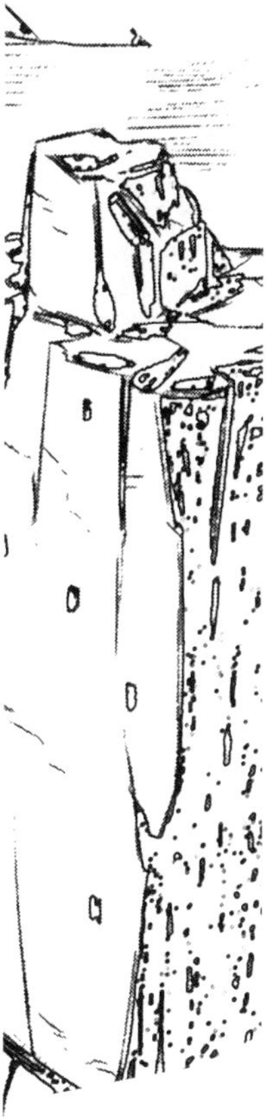

『強敵』襲擊的演技回到這裡，想趁伙伴注意力被轉移的空隙打倒大家。當我與弟子『假裝因為有敵人，所以被騙』而把博士一個人留在這裡時，那兩個人並不針對我們，而是把博士當成首要目標。由此可見你在他們心目中，是多麼可怕的『強敵』。」

「這……大家是怎麼了！全都有病！」

「話稍微說回來，那個煙幕手榴彈一丟過來，歐奇就逃走，其實是在我意料之外。本來以為他會趁著混亂第一個開槍，所以我最提防他。」

「啊哈哈哈！這點我就可以告訴妳理由啦！——好痛。」

泰德在疼痛下，仍然笑著說道：

「我剛才問過他了，那傢伙說啊，他在國內有個生病的老婆！所以單純只想要一定程度的錢，只要蒐集到必需的量，這樣子他就好了。他大概沒想過要把所有人殺了再逃走吧。他絕對想要活著回去，並不想要冒著戰鬥的風險。」

「原來如此……這樣我就明白了。然後，把這樣的歐奇殺害的人就是你了，泰德。」

「咦？咦咦？」

在博士的喊叫聲中，泰德用跟平常一樣的語氣繼續說下去：

「沒錯，師父，很簡單就幹掉了。而且其實妳，也是個殘忍的女人。明明非常知道我有可能會殺歐奇，就這麼放縱我去殺也不阻止！——痛死我了。」

「你們……真的瘋了……到底把人命……當成什麼……」

「算了吧，博士，你這話晚點再講。還有嗎，師父？」

「泰德，你也打算把所有人都殺了，所以你在殺害歐奇以後就會再回來。因為知道這一點，我設下了圈套。」

「是啊，我完全中計了……我和雅吉與雅音一樣，中了同樣的招。因為我也最害怕博士，所以才會一下子就信了弟子那句：『那傢伙耍刀非常厲害』的謊話……再加上連這傢伙都是個左撇子？這樣說來，昨天見面以前這圈套就已經設好了吧？你們真的是……太可怕了……——好痛。」

眼看泰德完全垂頭喪氣的樣子，博士將他的疑問說了出口：

「那麼，連泰德也想殺掉所有人獨吞……我不太懂這麼作的意義在哪裡。畢竟把資訊散播出去，大費周章集合大家的人，不就是泰德嗎？就算不這麼作，只要一個人來到這裡，就算探索的效率會下降，最起碼也不會有生命危險。為什麼要這麼作？」

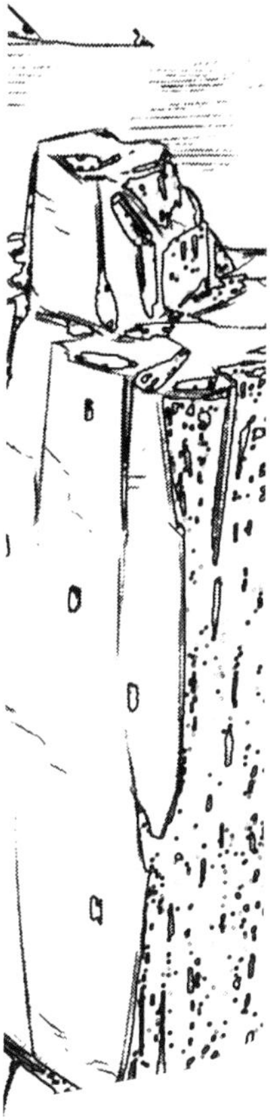

「說的也是。這我就不明白了，我也很想知道。」

「嘿，師父妳怎麼啦，在那邊裝什麼客氣，反正妳大概也早就猜到了吧？」

「大致上是。」

「妳說說看。」

「你有殺人的興趣。」

「是的，妳答對了，不愧是跟我一樣的人渣。」

「這、這是怎麼……」

「就是字面上的意思啦，博士。我呢，喜歡看人在眼前死亡的樣子，喜歡看生命之火消失的那一瞬間。原因就是我自己看了爽，太棒了，實在是受不了。」

「………」

「原來如此原來如此。在國內幹會違法，在國外幹雖然誰都看不見，但也很難得遇見商人或旅行者，而且對方大多數都有武裝戒備，要下手也不容易。所以想要毫不困難的享受殺人樂趣，就只有到這個國家來了。喂喂泰德，這一趟的死亡旅行團，是第幾團呢？」

面對弟子語氣開朗的詢問，泰德坦率的回答：

「第五團了。」

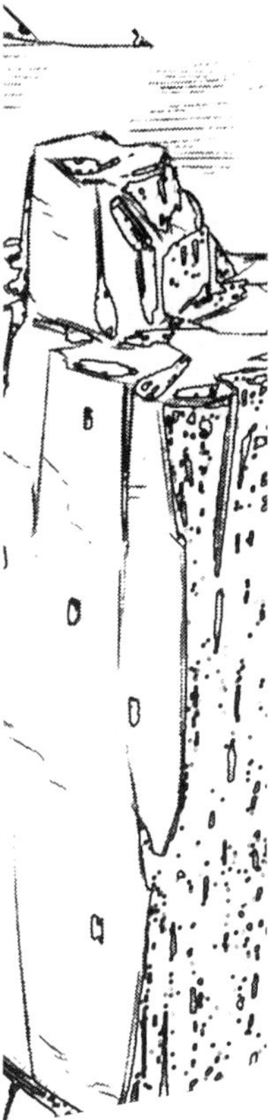

博士慘叫了一聲：「咿呀！」

弟子也露出意料之外的表情：

「是喔，比我想像的還要多——想不到這麼多團過來，這裡的財寶還沒有被拿光喔。」

「因為我沒有把財寶帶回去啊。沒有誘餌的話，人就不會過來啦？如果有一天不小心突然變成有錢人了，工作的感覺和殺人的快樂都會變淡。」

「我的天！你真是嚴以律己啊。」

「一年一次，這讓我的人生有意義。不過，看來傳言散布的太廣了……就像這樣，連多餘的人都來了。看樣子，這個方法已經不管用了。」

「會反省的人類就會成長。」

「我說師父，妳話講完了嗎？」

「大致上是。」

「那就換我說話了。想作個交易：治療我，然後送我到最近的國家。酬勞是，我的卡車、和死掉的人的全部財產、以及你們兩個人現在裝進背包的財寶。如果你們想繼續蒐集也沒關係，拜託在河水漲回來以前完成。」

「喔喔，這聽起來不壞！不對，這也未免太好！右手的痛跟傷痕，一筆勾銷還有找！」

弟子正直的作出反應後，望向師父的臉。

「如果我救了你，你還會再殺人吧？」

「當然。我說過，殺人讓我的人生有意義，我會再想其他更好殺的方法。」

「你的意思是想殺幾千人、幾萬人吧？」

對師父這句話，泰德認真的歪著頭思索：

「不對，我一年只要能親手殺幾個人就可以了。那種大規模殺戮，不管怎麼作都沒有樂趣，也不是我的興趣。」

「這樣啊……是我失禮了。」

「所以？妳對這委託的回應是？」

喀嚓。

師父用大拇指，將大口徑說服者的擊鎚扳起。

「是嗎，真是個有趣的人生。最後連自己的死，都能享受得到啊。」

廢墟只傳來一聲槍響，隨即恢復寧靜。

三個人離開血跡斑斑的廣場，回到了「入口」。

雖然因為沒聽到聲音的關係早就心裡有數，不過河川的水確定沒有漲回來。繩索還在，車子也留在現場。

「太好了～！我們就渡河吧。」

右手不能動的弟子如此說完，正準備打前鋒的時候——

「那個，你們兩位……」

博士以鎮靜的語氣說：

「謝謝你們相信我……我真的很感謝。」

「……」

「尋寶的故事」
—Genocide—

師父難得保持沉默，博士又繼續說：

「如果沒有你們兩位，我一定早就被某個人殺死在這個國家裡了。難得有這樣的研究成果卻死掉，光想就毛骨悚然。」

在他的背上，裝有已採取樣本的背包搖晃著。

「原來如此……那麼──」

師父用右手拔出大口徑說服者，將這把剛才發射過一顆子彈，彈匣還留有五顆子彈的槍械，垂手拿著，說：

「請把那個背包，留在這個國家。」

「啊、啊啊啊？為、為、為什麼！」

「這個嘛，就當成是『禮金』吧。我們救了你的命，而這個就是你要付的代價。」

「……」

沉默了一陣子的博士，臉開始漲到通紅：

「別開玩笑了！這等於我的命！要財寶的話我全都給妳！這些樣本跟你們又沒關係，你們根本不會想要的啊！」

博士彷彿變成另外一個人，以烈火般的怒氣叫嚷著，緊咬不放地奮力爭辯。

師父依然以一貫相同的語氣回答：

「沒錯，我們不會想要，所以才說請把它留在這個國家。我們救了你的命，相對的也要取走你最重要的東西作為代價，就只是這樣而已。」

「妳的理論我聽不懂！那麼，你們的背包也要留在這裡！金銀財寶都留下來！」

面對這個質疑，師父是這樣回答的：

「如果你這麼希望，我們就這麼辦。」

「咦？」

在發愣的博士面前，師父卸下背包，砰的一聲隨手丟在地上。

「好了，你也是。」

「咦～啊……好的。」

弟子被瞪了一眼，也把背在左肩上的背包卸下，隨手丟在地上。

「這樣子大家都平等了。不管是誰，都沒有從這個國家得到任何東西。不過，命就保住了。那

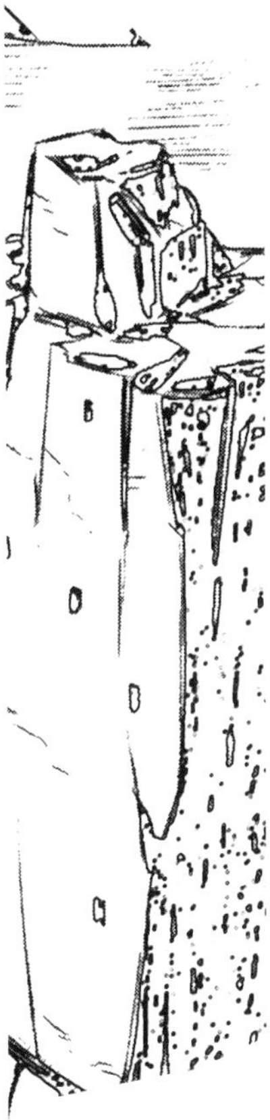

「尋寶的故事」
—Genocide—

麼，這個話題就到此為止吧。」

「不要……別開玩笑了……不要……我……要把它……帶回去……」

博士的眉頭深鎖著，呻吟般地說。

「師父，妳人也太壞了。都已經到了這個地步，妳直接講就好了嘛。」

弟子聳聳肩說。

「那麼……就交給你講。」

師父向後退了兩三步，弟子雖然驚訝了一瞬間……

「我知道了。那麼——呃……」

他還是直接凝視著博士的眼睛，開始說話了……

「我們這種流浪者，有時候會被僱用來執行一些工作。前幾天我們也被某個大國僱用，而且沒想到僱主竟然是那個國家的政府。」

「你、你在說什麼啊……？」

「沒關係啦，反正河水還沒什麼問題，你就聽聽看嘛。至於要不要把行李丟掉，等這個講完再說。」

「……」

「我們被那個國家的政府情報部人員找去，說：『我們看上你們的技術，有事情拜託』的時候，真的是很驚訝。然後等到去聽任務內容時，又一次覺得實在太無厘頭。那個情報部的部長大叔是這麼說的：『有一名男子，似乎想用大規模毀滅性武器攻擊這個國家』。」

「……」

「正當我在想情報部用『似乎』這個詞是什麼意思的時候，他們把事情的來龍去脈告訴我們，是這樣子的——有一天在酒館裡，有一名男子醉成一攤泥，和另外一名也醉了的『某個旅行者』交談起來。對方的心情可能很好，說：『我要用大規模毀滅性武器讓世界滅亡。那些武器，我要去遠方的廢墟之國拿，一年只有一次的機會』。原本以為對方在發酒瘋而咯咯笑個不停的男子，酒醒以後愈回想愈覺得恐怖，在煩惱幾天後還是報警。不過，幾乎沒有人把他的話當一回事。」

「這個，也是當然的吧……不過這故事到底是怎麼回事……？你會講很久嗎？」

「不，不會太久——後來警察覺得這名男子糾纏不休又緊迫盯人，這樣下去不太好，還是姑且把案情向上報告了。而情報部則稍微認真的思考這件事，畢竟世界的危機也是國家的危機，得要有

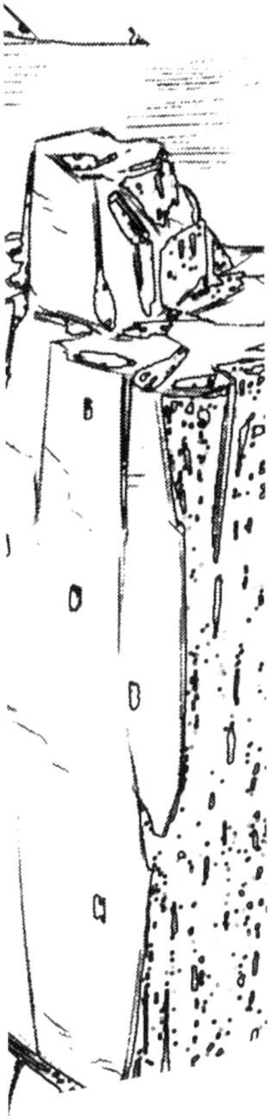

對策才行。經過調查結果發現，確實有『一年只能入境一次的廢墟之國』的傳言，這應該是泰德散布出來的資訊吧。發酒瘋的可信度等級，就這麼稍微上升了！」

「所以呢……？」

「不過，有關『不明男子』的真面目，除了他是男的以外什麼都不清楚。因為是個大國，那段期間的入境和出境人數都很眾多，根本沒辦法調查。所以只好派遣人員在判斷可以入境的時間點，直接進入這個廢墟之國，這是他們作出來的結論。可是呢，你相信廢墟之國會有讓世界滅亡的大規模毀滅性武器嗎？他們也認為不值得為了這種事情，派遣情報部裡貴重的探員出外勤，於是就找對旅行和荒唐事都已經習慣的旅行者來幹活啦。」

「所以，就找上你們兩位了嗎……？」

「你的悟性很高呢～我們就是那個國家僱用來這裡的，而且酬勞也早就領了，給了相當多的金錢寶物。」

「你們是因為『工作』……來的……」

「沒錯，你看我們有多勤勞！——不過，情報部和我們還是完全搞不懂，你覺得在這個廢墟沉眠的大規模毀滅性武器，會是什麼呢？在來到這裡以前，我一直在思考，煩惱到最後還是不知道。」

「所以你們就一起入境、尋找……」

「沒錯。哎呀，來得及入境真是太好了！」

「你們找到了嗎？」

「這個——」

「還沒。」

師父突然插口答話了。

本來還想說些什麼的弟子，向後退了兩三步。他的表情彷彿在說，還想再多講一點。

「我們還沒找到。而且，直到剛才為止，我甚至不知道大規模毀滅性武器是什麼。但剛才我終於明白了。」

「……」

「博士，你就是那名在酒館裡的男子吧。而所謂大規模毀滅性武器，應該就是你接下來要製作的東西，用你在這個國家採取的土壤與藻類製作的東西。接下來是我的推測，你應該會使用細菌製

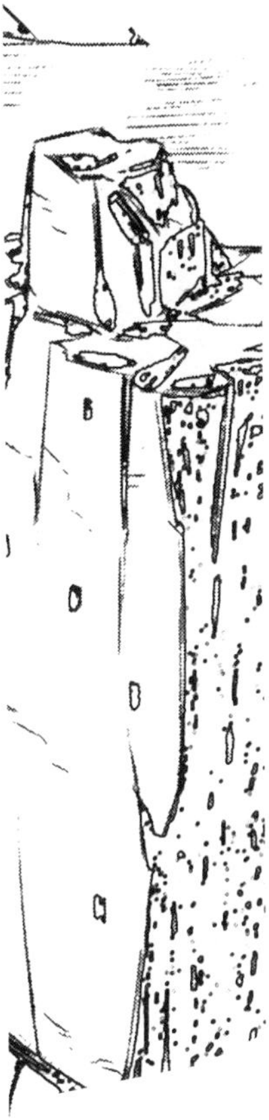

「尋寶的故事」
—Genocide—

作毒劑吧。透過散布的方式，神不知鬼不覺的，一下子殺害許多人類的恐怖武器。」
「喔？那是什麼啊？師父。」
對於弟子的問題，師父的視線不為所動，回答道：
「先前博士說過，細菌可以製成藥。既然可以成藥，當然也可以製成毒劑，而且它的力量，應該遠超過我們的想像。」
「啊～原來如此。」
「博士，如果你認為我們說的完全不對，請把背包留下來，然後渡河，向這個國家告別。」
「我拒絕！」
博士用嚴肅的表情斷然回應。
他的表情沒有怒氣、也沒有驚慌，顯然充滿決心。
「開什麼玩笑！我投注所有的人生研究到今天，怎麼可以在這裡結束掉！只差一點，幾乎就快要完成了！」
「呃，完成什麼？」
對弟子的問題，
「細菌武器！就是你們所推測的！」

博士這樣回答。
「哎呀，不打自招……」
博士已經豁出去了。這名不說謊的男子挺起胸膛以展望明日的姿態，公然宣告了起來：
「沒錯！在那家酒館的男子就是我！不過因為我醉了，完全不記得說過那種話！下回我會控制酒量！」
「是啊，這對你的健康也比較好。話說回來，這個國家真的有那種東西嗎？我們這種外行人是完全不懂啦。」
面對弟子的問題，博士露出以往從未有過的誇耀神情，連笑臉都顯現出來了。
「在我的持續研究下，我推測那個山脈的高處，就有我期盼的細菌存在。不過，沒有人上過那幾座山！既然這樣，我就想在河川下游尋找這種細菌！」
「是喔是喔，不過你應該沒找到吧。」
弟子漂亮應對著，逐漸引導對方有動機發表更多的情報。

「找是找到了，不過只有非常稀少的痕跡。然而，我思考出一項理論，而且我也知道這個國家的事。既然這裡離山這麼近，而且還被順著山坡流下的河川所環繞，以前居民們也曾經使用過河川的水——表示國內的土壤與水的細菌含量一定很高！剛才我也確認過了！這種細菌確實存在！再來我只要帶回去不斷培養！就可以得到我期盼的結果了！」

「啊～不知道該怎麼說，你真的好厲害。」

弟子真心表達感動。

博士的演說持續著。

「我要使用這種細菌，製作出具有強烈毒性的生物武器！接下來，我要首先把故鄉那個不重用我，還把我當蠢蛋一樣愚弄的國家給滅了！所有人都要殺光！然後，我要在全世界到處旅行，把所有稱得上國的國家裡頭的人類全數消滅！這是我的使命！這是我活著的理由！」

「哎呀～不過呢，殺人總是不好的事啊？而且既然細菌可以成毒成藥，要不要把它製成藥讓更多人可以得救呢？這樣你也可以變成大富翁喔？」

「不要再開玩笑了！你們還不是在我眼前一直在殺人！你們沒有阻止我夢想的權利！我對大富翁也沒有興趣！」

「這個嘛——其實是我們的『工作』啦。」

「是有誰在監看你們工作啊！在誰都看不到的場所，工作什麼的不作也沒關係吧！啊，原來是這樣啊——你們自己也是有不想被殺的心情吧……我明白了，非常明白了。那這樣吧！我跟你們約定！我的細菌武器，絕不對你們使用！你們在這個國家救我的恩情，我一輩子都不會忘記！」

在博士滔滔雄辯的時候，只有弟子注意到師父已經用大拇指，將右手那把大口徑說服者的擊鎚扳起來了。

師父小聲說道：

「我大概也一輩子不會忘記你吧。」

「對吧！就讓你們見識我滅亡世界的雄姿吧！」

砰。

只用一發子彈，對話就此結束。

「尋寶的故事」
—Genocide—

夕陽即將落下，雲層變薄，太陽的位置開始肉眼可見。

在山坡中途距離國境約一公里遠，可以俯瞰國土的位置，師父與弟子兩人站在那裡。他們的車賣力攀登到這裡來，就停在附近。

兩個人視野左邊是河川，筆直流向國家的方向。而先前在國內見過的巨大岩石，從這裡也看得很清楚。

然後，時間終於到了。

大地輕微搖晃的同時，山上也傳來鈍重的聲響。原本幾乎沒有在流的河水，逐漸愈加愈多。位於上游的崩雪大壩潰決，河水就要變成濁流。這是每年都會形成的自然現象。

「意料之外的早耶，師父。」

「是啊——動手吧。」

「了解。」

弟子用雙手環抱著擱在岩石上的大口徑步槍。

他將折疊過的睡袋墊在步槍底下，僅用左手固定槍身，再透過瞄準鏡，俯視一千公尺以外的那塊巨大岩石，進行瞄準。

然後就開槍。子彈隨著槍聲轟然飛出，移動很長的距離，最後命中立在巨大岩石上的鐵板。

那個鐵板，原本是已經失去主人的卡車車門。只見它緩緩傾倒，順勢把裝置在該處的T字型控制桿向下一壓。

岩石表面，綻放出數十道光芒。

事先用鑽岩機鑿洞埋藏好的高性能炸藥，同時發生爆炸。當然這些是泰德帶過來的東西，兩個人花了一段時間，直到剛剛才設置好。

岩石表面各處連續放射光芒，放射過光芒的地方出現裂縫，宛如地裂般的向四周擴散。

大約三秒以後，爆炸聲就像連續打鼓一樣傳到師父與弟子耳邊，連續響個不停。

接下來，從左邊的河川可以聽見，一股比爆炸聲還大的聲音轟隆隆作響。

位於上游的崩雪大壩終於潰決，真正的土石流經過一段長距離旅行，到這個地方來了。

地鳴聲聽起來幾乎就像地震一樣，山陵搖晃、塵土飛揚。

水是黑色的濁流，當中夾雜著許多冰塊，似乎要將深谷整個填滿一般的順流而下，一口氣、毫不客氣的沖向國家。

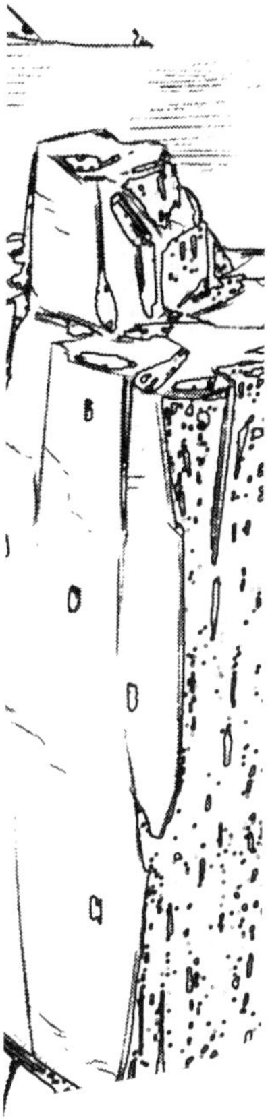

這看起來，就像巨大的蛇要把國家咬下肚一樣。

在漫長的歷史當中，將這股水勢一分為二守衛國家的岩石——現在四處都是裂痕。而在流水沖擊到岩石的那一瞬間，岩石一聲不響的分解，成了好幾個岩塊。

「太好了！」

弟子歡喜的叫聲，被濁流的聲音掩蓋住了。

水不再左右分開，把破碎的岩石壓在底下並從上方越過。

沖擊國家內部的水勢，把家屋外牆當成薄紙沖破，連隨處可見的瞭望台大岩也被沖到隨水流轉。原本還保有形體的城牆，也從牆內往牆外崩塌。

水沖刷了整個國家、帶著眾多新舊屍體再度匯聚成一條河川，轟然奔流著。

三輛失去主人的車先前被移置到乾涸的河床上，如今也在水流中翻滾，被沖走。

將來如果有人在下游發現它們的時候，應該會這麼說吧：

「好可憐啊，應該是過河失敗了吧。」

弟子看著與大地的搖晃同時進行，或許在某個時間就會結束的大奔流，站起身來說道：

「計畫成功，現在連國家也沒了。寶藏、細菌，都被水流沖刷四散，分散到這片廣闊土地的四周了吧。」

為了不輸給河川的巨響，他必須要大聲喊話。

「把這些狀況報告過後，我們的任務就結束了：『目標男子已死、國家淹埋在水下』。」

「說的也是。可是——師父，妳作了件很溫柔的事，沒想到妳真的殺了博士。」

在天空逐漸取回橙色的過程中，弟子繼續說道：

「記得委託內容應該是：『儘可能的只把那名男子活著帶回來，我們有很多事情想問他』吧？說實話，如果要把博士綑綁起來，連同他採取到的研究成果一起帶到那個國家去，應該也作得到吧？」

「…………」

「這麼一來，博士應該會被拷問，或是連自白劑都用上，要他把所有的事情都說出來後再殺死；再不然就是在拘留所裡，被強迫開發自己無法自由運用的細菌武器，直到他死……」

「那個人不是說過嗎。」

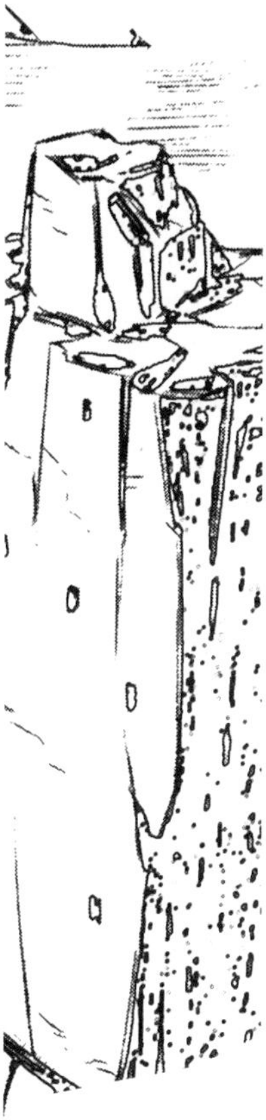

「啊?說什麼?」

「他說:『在誰都看不到的場所,沒有工作的必要』,我只是在最後的最後,把工作丟在一邊而已。」

「啊,原來如此……」

只聽到巨響的時間,持續了一陣子。

弟子終於發問了:

「不過師父,至少那本『研究筆記』,應該接收下來也沒問題吧?不是可以製成藥嗎?絕對可以在某個國家高——」

「話說回來,現在幾點?」

師父自問著。

「……我看看。」

弟子沒看手錶就回答了:

「差不多十五點半吧?從太陽的位置看的話。」

「那麼,我們出發了。天黑以前,能走多遠就走多遠。」

師父朝車子走去,弟子則「呼」了一聲,一面用左手抓起步槍一面繼續說:

「知道了。不過，駕駛可以交給妳嗎？畢竟我被某個人砍的乾淨俐落，只剩一隻手了。」

「我特別留下左手給你打排檔用了。」

「妳是惡魔嗎？如果單純駕駛的話是沒問題，不過接下來要迅速跑完兩個國家，就有點辛苦。」

「兩個國家？」

師父反問道。

「妳不是要去歐奇的國家嗎？要把口袋裡的寶石拿給人家對吧。」

弟子說。

師父一句也沒回應，輕輕微笑著，打開了駕駛座旁的車門。

20 感謝！

第六話
「夫婦的故事」
—*Taken*—

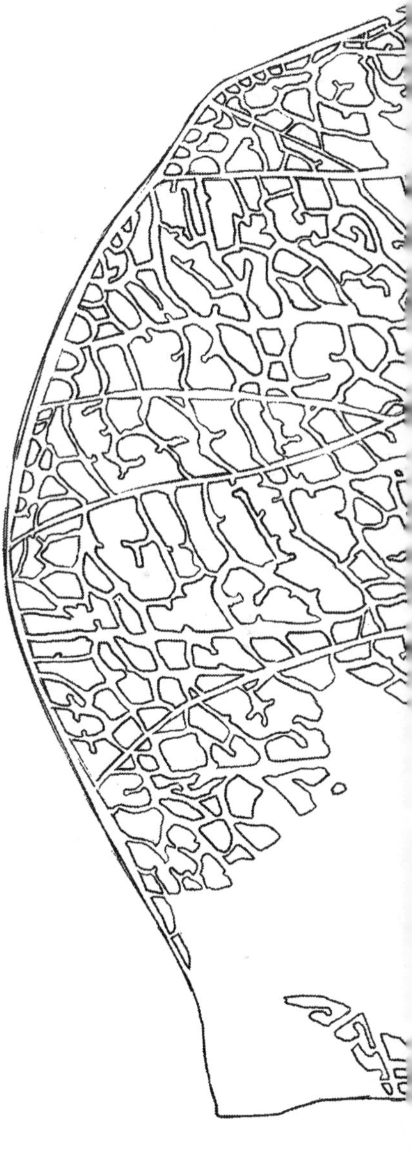

第六話「夫婦的故事」

—Taken—

我的名字叫蘇，是一輛摩托車。

我被設計成能夠放在小客車後車箱隨身攜帶，是有點特殊的摩托車。我的車體原本就很小，當龍頭跟座椅摺疊起來就變得更小巧。不過，速度並不怎麼快。

騎乘我的主人叫芙特，性別是女性，年齡十七歲。蓄有一頭至背部的黑色長髮。

歷經許多風雨而好不容易抵達這個國家的我們，開始在這裡生活。而且又發生許多事情，讓芙特變成有錢人——但是她對照相愈來愈有興趣，目前正從事接受委託幫人拍照的工作。

而芙特（Photo）這個暱稱就是從攝影而來的，她以前並沒有名字。

入秋以後——

「蘇你也來幫忙！」

芙特指派了一個不可能的任務。

當然，身為她的摩托車搭檔，能幫的事我都會幫。換句話說，能作的事我都會去作。

不過——

「真是的！為什麼會掉這麼多！」

對摩托車而言，是沒辦法把地上的落葉掃成一堆再點火焚化的。那是有手生物的工作。

所以，不能作的事就什麼也不作。

穿著茶褐色休閒褲和薄毛衣的芙特，使勁揮動大掃帚。趁著今天風弱，儘可能把落葉多集中起來處理。從早餐之後她就沒休息過，一直掃了差不多有兩小時吧。

在秋天的晴空下，道路筆直延伸到最遠方的消失點；沿路並排的白楊樹也筆直向天空伸展，彷彿指點星光。四周則是廣大的草原，與田野的地平線。

當初她看上這片頗具藝術相片風格的景色，就在這條白楊大道住了下來。不過到了晚秋時節，這個地方也成了大量落葉毫不留情的重點攻勢區域。

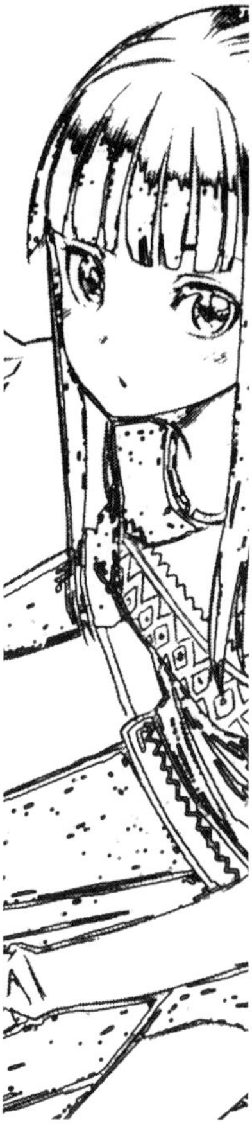

「夫婦的故事」
—Taken—

就像文字敘述一樣，好幾萬片落葉堆積在路面上，行人車輛在路上時會輾踏過，從屋簷滴下來的雨水也會把它們沖離原處，把排水溝堵住。雖然不會造成具體的損害，但如果放著不管讓落葉腐爛也不好看。

「真是的！如果要染上這樣的美麗，與其掉在地上，不如讓我抬頭看見比較美麗呀！喂～別再掉了～！」

芙特又指派了一件不可能的任務。

落葉樹不落葉就活不下去。它們之所以在冬季落葉，是因為葉子蒸散水分的壞處，開始大於光合作用好處的關係。

這裡講句題外話，白楊樹在春末初夏時會灑落棉絮，四周盡成一片雪白，看起來也很美麗，但掃起來也很麻煩。

「啊，今天午餐晚餐，都吃烤番薯吧～」

芙特一面說著工作完成後的夢想，一面用掃帚把火種集在一起，但看來中午沒辦法吃飯的可能性很高。

因為我看到有一輛車從遠方駛近過來。

副駕駛座上坐著一名看起來六十多歲的男子，而駕駛座上則是一名較為年輕，大約四十多歲的女子。從陌生的車子和從未見過的車牌，看得出來那兩個人不是經常走這條路的附近居民。

也就是說，雖然駕駛不是男性而是女性這點，稍微不太常見，但他們是來照相館的客人。

「等妳把那堆整理完以後，就去洗個手回來吧。有客人來了。」

車子停在照相館前面。

那兩個人乘坐的，是一輛非常光鮮的銀色小型轎車。在這個國家裡，持有自家用車的人可說是中上階級以上的有錢人；而兩位顧客就這麼從車上下來。

「歡迎光臨，午安！我是芙特，是這家照相館的負責人。」

剛洗過手的芙特，很有精神的打招呼。

穿著灰色高級西裝的六十多歲男子，身材高瘦，不知道是因為生病還是疲累的關係，臉色看起來並不太好。

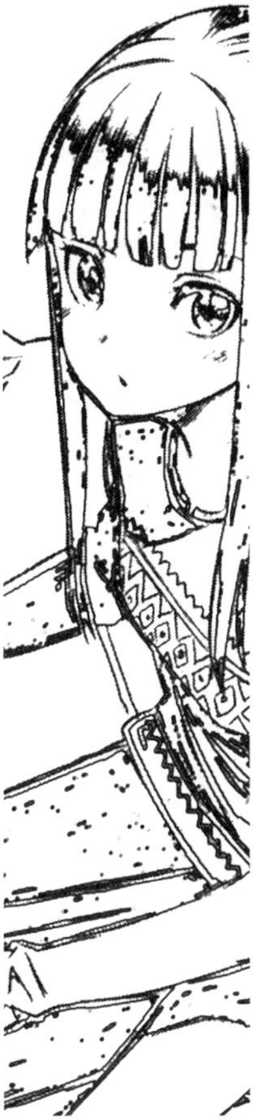

「夫婦的故事」
—Taken—

相較之下，身穿深藍色裙裝的四十多歲女子就非常活潑，頭髮全部向後用橡皮筋綁成馬尾，本來以為她是男子的女兒，想不到：

「哇啊，真是位可愛的攝影師！——對吧？親愛的。」

令人驚訝的是，她是年輕的太太。

「嗯……」

作丈夫的只點頭出了一聲，接下來的事全交給妻子去處理，感覺上他就是嫌說話非常麻煩。

芙特將兩人引入店內，請他們坐在客人專用的椅子上，隨即端茶出來。

「我想拍我們兩個人的照片，當紀念照。」

妻子開口第一句就切入正題。她是位非常直爽、開朗活潑的女子，和地藏菩薩一般沉靜的丈夫相比，簡直就是對照組。

如果把妻子的說明作個整理，是這樣的——

其實她想擁有夫婦的紀念照。雖然以前因為丈夫不願意，所以連一張紀念照也沒有，不過他還是被妻子說服，而且還突然提議要拍。因為簡單拍一下就好，所以今天就過來拍了，也因此來之前有化個妝。至於費用，不會在乎。

「我明白了！今天的天氣也很美好，落葉就像地毯一般的美麗！馬上幫兩位拍！」

剛才還抱怨不已的落葉，馬上想到利用在工作上——這傢伙愈來愈堅強了。

拍攝工作本身，毫無阻礙的進行著。

芙特準備好照相機與三腳架，請這對夫婦站在平時拍攝風景的方位上，以熟練的動作將兩人的身影攝進照片裡。她口裡詢問：「反正兩位的愛車就在這裡吧？」手上也拍下了夫婦在車子前面的合照。

「既然是紀念攝影，那麼背景就要用美麗的紅葉來襯托」，芙特一面說明，一面用彩色底片拍攝。因為對方也說費用不論多少都沒問題。

丈夫是位不苟言笑的人，在拍攝過程中的姿態講好聽是充滿威嚴，講難聽就是面無表情。而妻子則當然是面帶笑容。

在拍攝過程中，芙特為了解除對方的緊張感，刻意找話題閒聊。

然後她從妻子那邊，聽到了很多事情。

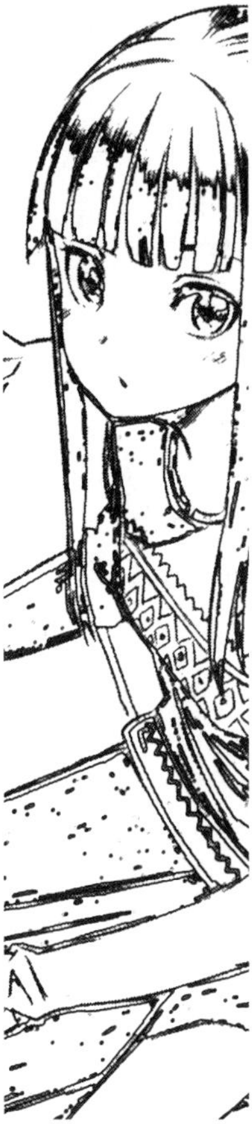

「夫婦的故事」
—Taken—

這兩個人，住在距離這裡約數小時車程的某個城鎮。

丈夫的工作是進口貿易商。因為他是跨國旅行的商人，主要工作就是採購稀有商品轉手出貨給小商店。他本人在一家中型企業服務，有相當程度的財力。

原本丈夫是行旅商人，年輕時就移民到這個國家來了。難怪從他的眼光看來，充滿自信。

妻子則是單純的家庭主婦，因為她非常喜歡運動，每天都在當地的運動教室教小朋友各種運動。他們晚婚，兩個人之間並沒有小孩。

芙特盡興的拍攝過後，先進照相館一趟再出來，對兩個人說：

「因為是彩色照片，一定要去鎮上的沖印店去沖洗，需要幾天時間。等照片好了，我會帶過去給您們。」

「需要多久？」

丈夫第一次說出了像話的話。連妻子也大感驚訝。對整個過程如此不感興趣的他，竟然對完成日期如此重視，該說不愧是商人性格嗎？

「今天因為下午有工作，沒辦法出門。明天我帶去沖印店，加上後天是假日，最慢五天後完成。完成以後，我會親自送到府上。」

「我知道了。謝謝，拜託妳了。」

這是丈夫最後說的話。

兩個人就這麼乘車離去——

三天後，假日結束，我們收到了丈夫的死訊。

聽廣播，不是芙特的興趣，但我很喜歡。

在這個電視台尚未正式啟用的國家裡，廣播是最快獲取資訊的方法。我至少每天一定要聽一次新聞廣播。

這一天，我也請開始吃早餐的芙特，幫忙打開收音機。

接下來，聽了幾條比較重要的新聞，在廣播尾聲，我們聽到某名男子溺水的消息。

他的名字和年齡，與那位丈夫完全一樣。

「……！」

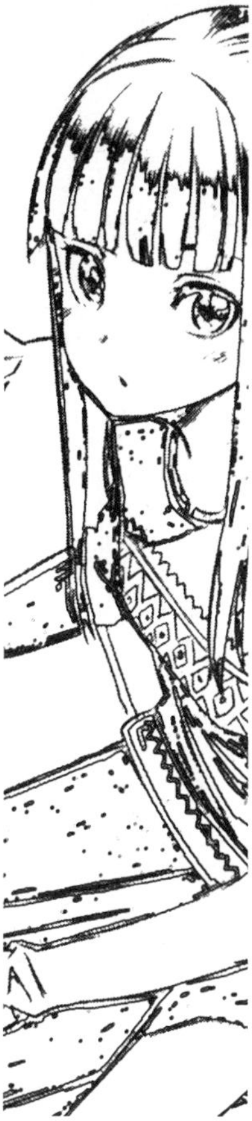

「夫婦的故事」
—Taken—

芙特的手拿著咬到一半的火腿炒蛋三明治，就這麼停住了。

「蘇！我沒有聽錯吧！」

「我知道妳很難接受，但我也清楚聽到了。連地點也一樣，就是那個人沒錯。」

如果主播沒有說謊——那位丈夫是在昨天的假日深夜，被人發現溺死在自家附近不遠處的池塘中，據了解死者是基於釣魚的興趣在傍晚來到現場，因為遲遲沒有回家，在警方搜索後發現其屍體。

「怎麼會這樣……」

咬剩一半的早餐落在盤子上，芙特的肩膀癱軟下來。

雖然很想稱讚她臨危不亂也不哭泣的心理素質——不過仔細一想，這傢伙其實已經度過更艱困的難關了。

之後，看起來很悲傷的芙特繼續咀嚼著剩下來的早餐，不過在吃到最後一口的時候遇到干擾。

一輛車停在照相館外，有人下車，門鈴聲響了起來。

距離營業時間還早。

「不用去應門也沒關係喔？」

「不可以這樣啦。」

芙特才把玄關的門打開了一點，警察徽章就突然出現在眼前。

「我們有點事要問，現在方便嗎？」

雖然乘車過來的有兩個人，不過只有一個人進來照相館內。

這名自稱刑警，身穿灰色西裝的大叔，是個經驗老到，眼神銳利的五十多歲男子。不過他並沒有特別擺出居高臨下的姿態，就是表達希望芙特協助調查，平淡的問了幾個問題。

當然問題的內容，都跟那位丈夫有關。像是據說前幾天他有來這家照相館拍過照，是否為真；以及當時他的態度為何，等等之類。

驚魂未定的芙特，雖然直接照實說出了當時的狀況。可是她究竟有沒有想到呢？刑警會來代表的意思是，他的死亡並非意外，而是有他殺的嫌疑啊。

這麼說來，那位丈夫好像是公司的經營者。

搞不好，警方懷疑這是一樁保險金殺人或是類似的刑事案件。

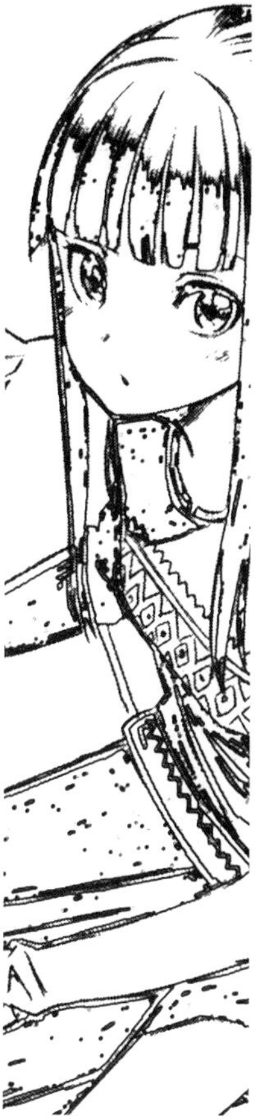

「夫婦的故事」
—Taken—

該不會，那位妻子是兇手？不對，乍看之下妻子可能是兇手，但真相可能意外單純，就是遇到路人臨時起意劫財殺害——總之我想了各種可能性，不過當然保持沉默。

「也就是說，沒有特別異樣，很平常的完成了拍攝？」

「是的。」

「有照片嗎？」

「因為是彩色照片，還在沖印店。」

哎呀，芙特說謊了。不對，正確來說並沒有說謊，而是「不把不必要的事說出來」。

那時候幫那兩個人拍下來的彩色照片確實還在沖印店，不過芙特也拍了少量黑白照，同時作為測試以及拍攝失敗時的備份使用。它們是在兩個人放鬆時拍下來的，簡單而言就是所謂的拍攝花絮。

只是，它們尚未顯影也沒沖印，原本是預計今天進行作業的。換句話說，芙特現在有拍過的底片卻還沒有照片，她並沒有說謊。

「嗯……」

正當刑警似乎思索到什麼，讓我擔心芙特會不會被拆穿的時候，一陣敲門聲響起，另外一名穿著西裝的年輕男子走進來。看來，這傢伙也是刑警了。

「警部，有無線電找您。」

「馬上過去。芙特小姐，請妳稍候。」

刑警離開了照相館。芙特則一臉疲累的呼口氣，如此說道：

「你這段時間安靜點，可別弄出聲音來哦。」

我則是側耳傾聽。

雖然我不知道摩托車的耳朵到底在哪個位置，總而言之，就是集中精神聆聽遠方的聲音。摩托車的眼睛很好、耳朵也很靈。

「什麼？請再說一次。完畢。」

可以聽見那位被叫作警部的男子，對無線電通訊機說話的內容。而且，也可以聽見從喇叭傳出來的聲音。

「你要我講幾次都行。偵查行動中止，已無他殺嫌疑。完畢。」

「……我聽見了，不過理由是什麼？完畢。」

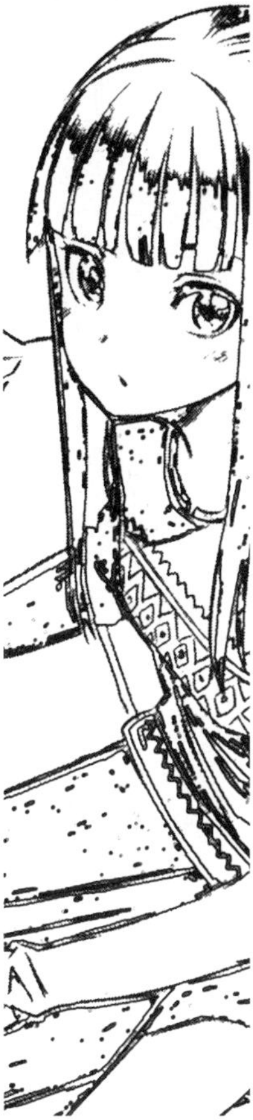

「夫婦的故事」
—Taken—

「回警局再說明，先回來，有別的案子要交給你辦理，就這樣。」

「……了解。」

無線通訊結束了。

十幾秒後，警部回到照相館。

「我的問題到此為止，感謝妳的協助。」

他苦著臉對芙特只說了這句話，便搭車離開了。

我把剛才無線通訊的對話內容告訴她。

「搞什麼呀～？」

芙特仰望天花板大叫。

「誰知道。」

我也只能這麼回答了。

單純的想，整件事的結論就是「意外溺水，刑案不成立」，但還是不明白為何到剛才突然急轉直下。難道是有先前保持沉默的目擊者現身了嗎？

因為想也沒用，換個話題吧。

「照片洗出來以後，要拿去給那位夫人嗎？」

芙特立即回答：

「當然！這已經是兩個人唯一的合照呢！」

這麼說，也沒錯啦。

警察來訪後兩天、正好也是拍攝後五天——

「走吧，蘇。」

「好的。」

我們前往夫婦的家。

昨天雖然下著滂沱秋雨，不過今天的天氣就非常美好。不覺得寒冷、風也微弱，正是兩輪行的絕佳時機。

芙特把所有可以交件的照片放進斜肩包裡，披上外套，戴好安全帽，就跨坐在我身上加速出

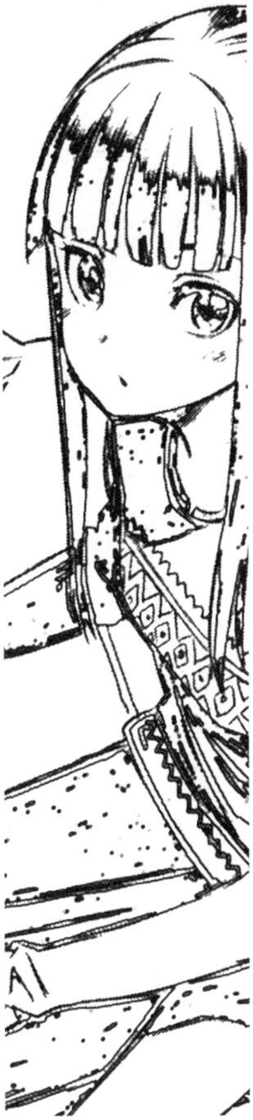

「夫婦的故事」
—Taken—

發。在幾乎沒有行車的道路上，我們暢快奔馳。雖然話是這麼說，我受限於結構，跑得比較慢。

從一大早出發起開始算，包含休息在內跑了數小時。在快到中午前，我們按著地址抵達夫婦家門前。

這間非常美麗的獨棟寓所，位於閑靜且超高級的住宅區內，它與左鄰右舍保持的距離令人意外的遙遠。在這樣的房屋裡，就算開派對大聲喧嘩也應該很少人會嫌吵。

夫婦家有車庫，此刻車庫門是開著的，裡頭停著那一輛銀色小型轎車，可以看見車內塞了許多物品。

「我們去找她！蘇！」

「妳的精神不需要這麼好啦。」

芙特按響門鈴後一段時間，那名妻子從門後露臉。她今天的服裝是工作用長褲與長袖襯衫。

「哇啊，是妳們！」

「們」的意思，是有把我算進去囉。真感謝。

「因為照片好了，所以我過來送給您。」

妻子看起來還是一樣很開朗，不過臉上已沒有笑容。

「謝謝妳們親自過來……不過……」

「我在廣播裡聽到了……請您節哀……」

「這樣啊……可以讓我看一下照片嗎？請進。」

一進到家裡，我嚇了一跳，芙特也嚇了一跳。

空無一物。

不論是面對正門的客廳、客廳後方的廚房，都沒有放置任何物品。沒有餐桌、椅子、沙發，也沒有傢俱，連地毯也沒有。完全不是可以讓人居住的環境。

「很驚訝對吧？其實前天都已經變賣處理了。依照那個人在律師那邊立下來的遺囑，這裡是公司的財產，所以要交給下一任社長來住，移交程序也事先訂好了，真是個嚴以律己的人呀。」

妻子這麼說。

原來如此，既然有這種遺囑，也是無可奈何的事。只是話說回來，這也未免太急迫了。有這麼極端嚴苛的丈夫，作太太的也很辛苦。

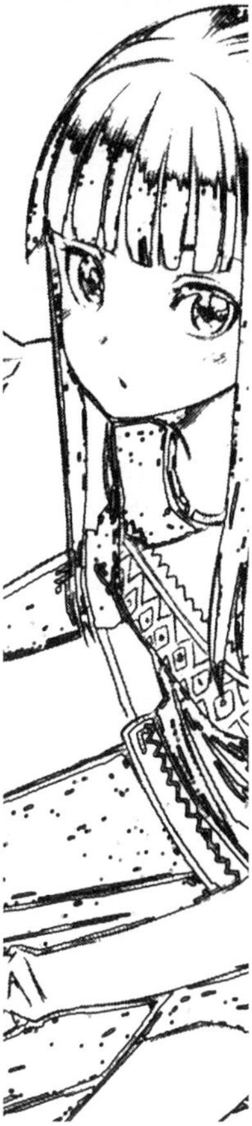

「夫婦的故事」
—Taken—

「我也預定明天要搬離這裡。不過，最後還留有一張小桌子和茶具，妳們就喝點什麼再說吧。」

「好的。」

接下來，妻子在只殘留地毯被拆除後遺跡的地板上，把摺疊桌和小坐墊放好。然後，一大壺茶也終於端過來。

正當芙特喝了茶喘口氣，準備從放在桌子下的包包裡拿出照片的時候。

有兩輛車來到這裡，在家門口前停下來。一群黑衣男子，紛紛從車上下來。

「總覺得來者不善，是您認識的人嗎？還是您約好的訪客呢？」

最早察覺他們的我問道。

「不是……」

妻子眼神散亂的左右搖頭，看來這群人也在她的意料之外。

現在透過客廳的玻璃窗也可以看清楚了。

這群黑衣男子，怎麼看都不像仇家。儘管如此，他們看起來也不像黑道分子，那麼剩下來的可能性只有一個。

門鈴響起，妻子在門前問了一聲：「誰啊？」

「警察。我們有些事要請教。」

他們說出了預期中的回答。

「因為現在有客人來，我抽不出多少時間。」

妻子很疑惑的招待這群男子進來。

雖然有四個人坐著車子過來，其中一個人留在車旁待命，只有三人進到家裡。他們的年齡約在三十多歲到四十多歲之間，而且不論哪一個人，都擺著一副毫不通融的嚴峻表情。

他們都是真正的警察，但與先前來照相館的「一般」警察又不一樣。

簡單來說，他們是更「不好惹」的人。

巨大的犯罪，或者是重大的案件——專責處理這些動搖國本案件的人。雖然不曉得這個國家是如何稱呼他們，但應該就是所謂的公安警察了。

不知道為什麼這樣的人會到這裡來。這代表絕非單純的意外事件，但就算是來偵辦殺人案，也

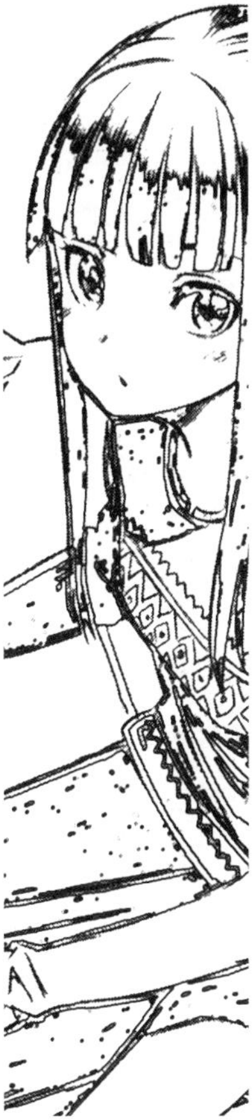

「夫婦的故事」
—Taken—

未免太誇張了。

看起來帶頭的人，是名四十多歲的警察——因為只有他一個人戴眼鏡，就稱呼他眼鏡男吧。這傢伙進到客廳來，看見我與芙特，略顯驚訝說：

「這兩位是？」

「是照相館的人。我請她們拍紀念照，照片好了她們就帶過來。」

妻子回答後，芙特輕輕點了頭。因為不知道該怎麼作才好，她也只能繼續坐著喝茶，不過現在這樣作就好。

現在的事態並不容許我們任意介入。但是話說回來，我們繼續留在這裡就知道警察要問什麼了。

「請坐在坐墊上，剛好我煮了茶，要不要喝一點？」

「問完後再喝吧。」

眼鏡男回答過後，似乎想到如果視線沒有跟坐在地板上的妻子對上，對話就不方便，就拿起坐墊放在桌旁盤腿坐下。其他兩個人，則站立在牆邊。

「這位夫人，家裡的東西都已經處理掉了嗎？」

「是的，正如你所見，這是遵循那個人的遺囑。」

「還有剩什麼東西嗎？」

「就是在你眼前的這點東西了。車子裡頭，有我的私人物品。」

「那麼，請讓我們調查這些東西。」

「什麼？——調查是沒關係，但是為什麼？就算是警察，也希望你們說清楚為什麼要這麼作的理由。」

妻子反問道，看來她果然還是無法接受。

「……」

至於芙特從剛才開始，就一直很焦慮的聽著兩個人的對話。

本來以為眼鏡男會拒絕妻子的要求，沒想到，他突然說出一句令人意外的話語：

「您已故的先生，曾經是他國的間諜。」

原本心想眼鏡男是否大白天就發酒瘋，但看起來不像是那樣。因為站在後方的男子們，表情沒

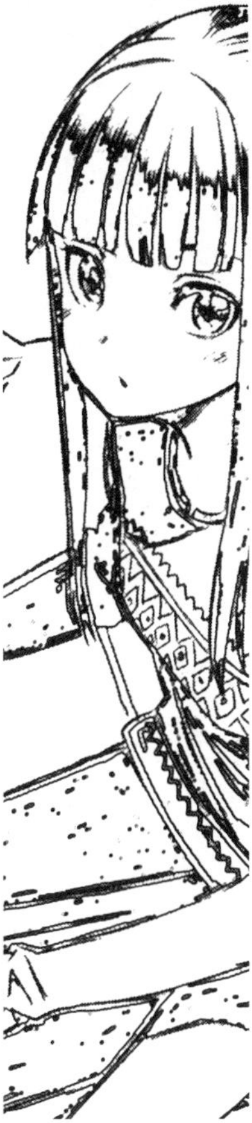

有任何變化。

「什麼……？」

在場表情出現變化的只有妻子。芙特連怎麼改變表情都不知道，就是繼續發呆。祈求她至少知道「間諜」是什麼意思。

眼鏡男淡淡的說：

「您先生有意圖的從事將這個國家的情報外洩的間諜活動。原本是行旅商人的他，移民到這個國家開始經商，從那時以來就一直活動著。」

「你、你這是什麼意思……？這種事我根本就……」

「當然他對任何人都保守秘密。不論是公司員工，還是夫人您。不過，我們一直追查您先生，努力掌握可以逮捕他的證據。」

怎麼會這樣。

雖然眼鏡男這番話純屬揑造的可能性並不是零，但因為想不到這麼作的理由，我還是把它否定了。

如果是那位行旅商人兼移民出身的丈夫，他從事間諜活動的原因和動機確實可以理解。那就是他對故鄉之國，至今仍然宣誓忠誠。

就算是間諜，也不是所有人都像動作電影或是小說的主角那樣華麗的活動著。反倒是不華麗活動的間諜，才是壓倒性的多數。

低調且細心的蒐集情資，只將其中必要的外洩出去。舉凡軍事、經濟、政治、技術——那位丈夫應該對自己的故鄉之國，持續傳送過這個國家的各種情報。

我不明白的是，眼鏡男在這裡打開天窗說亮話的考量。這些話，說出來，沒問題嗎？

「雖然我們很想逮捕歸案，但您先生毫無破綻，我們找不到證據。其實您先前變賣的物品已全數被我們攔截在倉庫裡，接受一番調查。」

只用一天時間進行這麼多調查，一定很辛苦。難怪這群男子看起來有些疲累，是因為這樣的關係吧？

「……該不會……是你們！」

原本靜靜聽著的妻子，臉色突然變了。

我知道她在想什麼，不過芙特應該是不清楚。

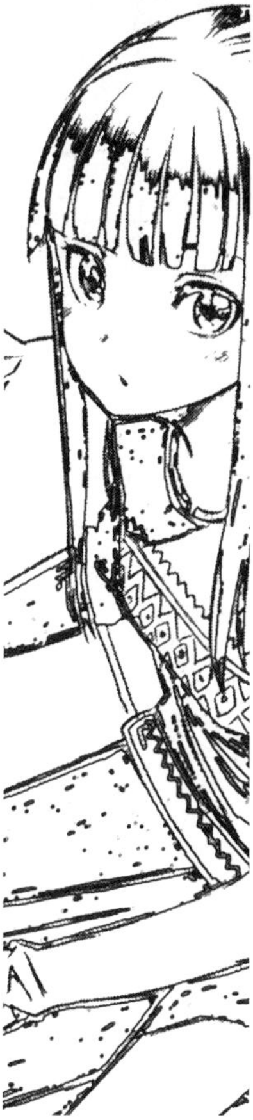

眼鏡男當然也知道：

「不是，我們不可能會殺了您先生！」

他馬上用強烈的語氣表達否定。正當我還在想「這是真的嗎——？」的時候。

「不論如何，我們希望能逮捕他！」

啊，這應該就是真的了。

「我們希望逮捕他，不論是他外洩情報的內容還是他的對口，我們都希望全面追究到底！」

眼鏡男的表情，開始充滿悔恨。我明白你的心情，但可別在這裡哭出來啊？

也就是說，丈夫的死，說不定是察覺到偵查矛頭逼近自己而引發的自殺行為。當然也有可能是單純的意外。

儘管如此，真相還是在黑暗中啊——但我想錯了。

「您先生應該知道我們一直在監視他。當時他的投水，似乎是刻意行動給我們看。我們雖然衝過去把他從水中救起來，但已經來不及讓他甦醒了。」

果然是自殺啊，也就是他殺的相反。

「………」「………」

妻子與芙特都沉默無語。

對妻子來說，這衝擊實在太大。心愛的丈夫不但是間諜還對自己保密，而且為了避免身分被揭穿竟然就作好覺悟自殺了。

「我們無法報告發現屍體的消息，只能無可奈何的離開現場，留下死前面露滿足表情的您先生。」

原來如此啊。當時如果有人從遠方目擊這一切，當然會覺得奇怪，地方的警察也會因為刑案嫌疑而有所行動。不過，在上級指示下，一般警察的偵查行動就被中止了。

「我不相信……雖然我不相信……就算這是真的好了，你們又要作什麼呢……？那個人已經死了，回不來了。而且，我什麼也不知道……」

妻子語氣虛弱的說。

這不能怪她。被人突然告知「妳的丈夫是間諜」，沒有人可以冷靜處理。

「我們不打算把您帶走，只是想確認您的物品中，有沒有隱藏您先生祕密留下來的東西。接下來，今後如果有人與您會面，我們也會逐一與對方聯絡。」

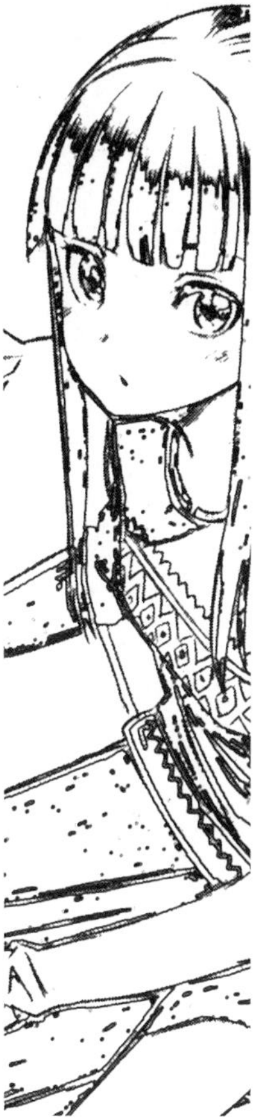

「夫婦的故事」
—Taken—

「我知道了……不過……在這邊休息一下……可以嗎……？各位，要不要喝點茶？那個人說過好幾次，我煮的茶非常好喝……那個人，最不擅長說謊了……他從來不會對我說謊……」

妻子以混濁的眼神說。

這下糟了。那是一副精神接近崩潰的表情。

「……那我就喝了。」

眼鏡男大概也注意到這一點。他判斷與其讓妻子在這裡陷入混亂，不如用時間緩和對方情緒；或者他只是單純激動而口乾舌燥而已。當然也可能兩者皆是。

「呃……我可以幫忙嗎？」

先前被當成邊緣人的芙特主動想作些事，然而妻子默默搖頭回絕了。

她接下來迅速在壺裡裝上新茶，擺上三名男子的茶杯，一杯一杯的將茶注入。當然也包括已經是空的芙特杯子，連我自己的份也有。

五人全體無言品茶的時間，持續了一陣子。站立的兩名男子，就這麼站著喝茶。

這群男子把茶喝完，就把茶杯放回桌上。眼鏡男則是最後喝完的人。

「感謝招待，確實很好喝。這茶可以直接開店賣了。」

「哇啊，謝謝你！」

妻子用典型的快活表情與聲調說道。突然變得有活力也不好，這也不是很好的精神狀態。

我很想對芙特說，要注意妻子的言行舉止，但在這種狀況下沒辦法說。我心想，至少等那三名男子與妻子去車庫時再說。

然而，這樣的時機一直沒有到來。

「唔……？」

眼鏡男在呻吟的同時搖晃著頭，就這麼直接倒在地板上。頭撞在地板上發出「砰」的一聲，還滿好聽。雖然這一撞不至於會死，但應該相當痛。不過他本人卻沒有反應，看來當下就已經失去意識了。

「喂！」

站在後面的兩個人臉色大變，這也是理所當然。只見他們衝到眼鏡男身邊，蹲下來準備把人抱起來的時候——

「哇……？」「嗯……？」

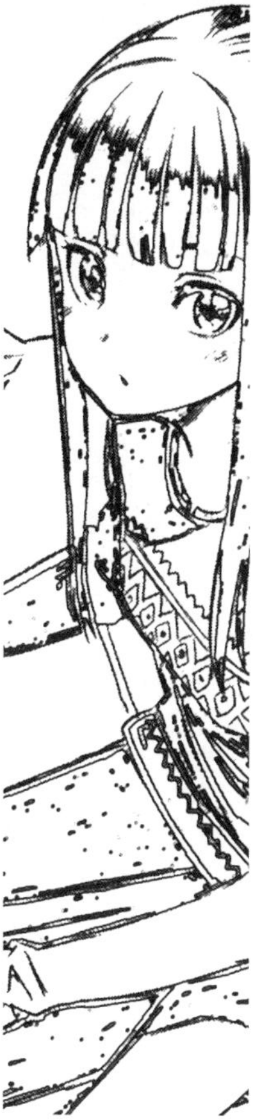

「夫婦的故事」
—Taken—

他們也翻起白眼，直接倒下，又是一陣好聽的聲響。

「咦？」

芙特忍不住出聲的同時，外面那一名男子也迅速發現異常，朝屋裡衝過來，並用力把門踹開

──

「怎麼了！」

他看到倒地的三個人，當場擺出攻擊行動。

也就是說，他當場從懷裡掏出小型自動式掌中說服者，雙手持槍，用力對準妻子吼道：

「妳！給他們喝什麼了！」

他的手指扣著扳機，充滿發生任何狀況就當場射擊的警戒感。

「嗚！」

雖然芙特還是只有驚嚇的份，幸好她的位置在警察與妻子兩個人側面，就算子彈發射也應該不會受到波及。雖然講這麼冷血不好，但相對而言，我認為芙特的命比妻子重要。

「啊……咿……我……什麼都……」

被說服者瞄準的妻子，雙手無力的舉到耳朵高度，表情不斷顫抖，勉強擠了幾個字回應。

「可惡。」

第四名男子把食指從扳機那邊鬆開，為了觀察同事的狀況，他很短暫的錯開來自妻子的視線，也偏移說服者原先瞄準的方向。

妻子看著男子的動作，先把手放在後腦勺，再向前方擺動。

才花了不到半秒時間。

「咦……？」

男子的右手，被一根細針刺中，從手背穿透手掌。原來妻子將她用來當髮簪的物品，投擲了過來。

當然因為疼痛的關係，男子的說服者已經沒辦法握穩。那個黑色的金屬物體，就這麼掉到地板上發出「喀咚」聲響。

妻子向前衝來。她一瞬間躍過桌子、在對面著地，隨即折起手腕，以手掌底部對準待在那裡的男子右側太陽穴，施予強烈推擊。這看來輕描淡寫的一擊，震撼男子的大腦——

「唔啊……」

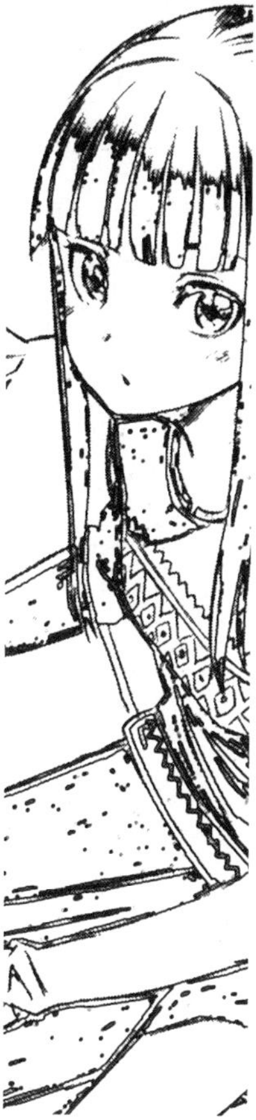

男子因為腦震盪，就這麼向右倒下，失去意識。妻子迅速將剛才投擲過來的針拔出，從男子的手掌，流出了細長的血線。

「……」

芙特一臉目瞪口呆，我也一臉目瞪口呆。不過不對，摩托車其實沒有臉。

「抱歉了。不過，妳們沒問題的。」

妻子笑著對芙特說。不過我有一瞬間不明白哪裡沒問題。

「啊，是茶！」

終於明白的我，不禁脫口而出。不過不對，摩托車其實沒有口。

「沒錯，妳們的茶沒加任何東西。」

原來如此。

三名男子的茶杯上，應該加了某種毒物。話說包含眼鏡男在內的三個人，看起來仍然平穩的呼吸著，所以他們沒死，只是昏睡而已。

「……」

芙特還是老樣子，全身僵硬得像雕像。

沒辦法，只好我來問：

「該不會，您跟您的丈夫一樣，都是間諜？」

妻子一面觸碰拍打著倒地男子們的身體，一發現槍套裡的說服者就迅速奪取，一面回答我的問題：

「可以說是，也可以說不是。」

「您的意思是？」

妻子從奪取來的小型說服者膛室與彈匣中取出子彈，放進自己的褲子口袋裡。說服者本身並沒有被奪去，只有子彈被取走而已。她的手法非常俐落，就像是慣用說服者的人會有的動作。

「我確實是間諜，不過——我的出身單位和那個人不一樣。」

什麼？

「其實直到今天為止，我完全不知道那個人是間諜，那個人其實也不知道我的真面目。本來我以為自己一直隱瞞的很好……沒想到我也被隱瞞了……」

您說什麼？

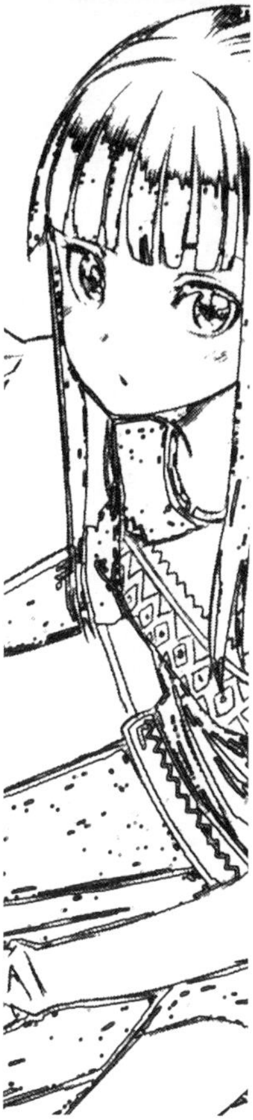

也就是說，同樣都是間諜的兩個人，基於確保社會性身分的理由而結婚嗎……？雖然可能有許多人不知道配偶是間諜，但配偶雙方互相不知道對方是間諜就罕見了。

「其實我是睡眠者。」

妻子說。芙特終於可以開口問話了：

「您在睡？」

不、不對。所謂「睡眠者」，顧名思義，就是平常以善良的一般市民身分過生活的間諜。必要時指示一到，就會「覺醒」展開行動。這和持續進行間諜活動的丈夫完全不同。

而且妻子完全沒有被眼鏡男子他們——也就是公安警察盯上，實在了不起。

我迅速向芙特說明上述內容後，詢問剛完成搜身作業的妻子：

「不過，您跟我們說這些事，沒問題吧？」

連這麼重大的祕密都講，未免也太公開透明。芙特也慌張地問：

「對、對呀……我，知道這麼重大的祕密……」

「沒問題，因為我馬上要消失了。」

「咦？」「什麼？」

「從這個國家消失。不對，從這個世界消失。」

「不會吧！您想自殺——」

「才不想呢？我就單純『失蹤』，讓誰也找不到我而已。」

妻子雖然講得順口，但看來她應該作得到。這點事對她來說，應該輕而易舉。

「好了，雖然有點早，也該出門了——等一下，在這之前！」

只見妻子從搜刮乾淨的四個沉睡男子們身邊離開，突然伸手插進她的小包包。本來以為她也想讓芙特封口沉眠，但我想錯了。她掏出來的是一只信封。

芙特接下信封打開來看，裡頭是現金。

「照相費。」

「真、真是謝謝您……」

接下來芙特便繼續她剛才就想作的事——也就是準備把沖洗好的照片交給妻子。

「抱歉，我不能收。」

妻子搖著頭說：

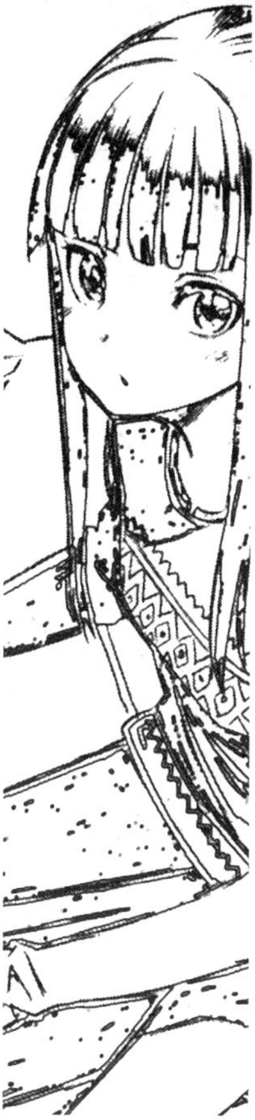

「夫婦的故事」
—Taken—

「如果有人發現，我手上有跟那個人的合照，不就成了決定性的證據嗎？」

「可是……這是唯一的……您不是，很想要……」

「所以才不能收呀。」

「……」

「再說，我之所以會想要，也是為了保持『夫婦』的形式。或許那個人想要的也是這個，我也是一樣。」

「怎麼會……」

「不過，那個人是我的丈夫，也是很棒的人。這是事實，也會留在我的記憶裡。這樣就夠了。」

妻子這番話講得太順理成章了，她的心中沒有任何衝突或猶疑嗎？

應該是沒有吧，有那些心情就當不成間諜了。

「我只有一件事要拜託妳。妳可以待在這裡，直到這四個人醒來為止嗎？接下來，妳把我說過的話全部轉達給他們知道也沒關係。如果妳們逃走躲起來，人家反而會更加起疑心，可以嗎？」

「……」

因為芙特沒辦法回答，就由我來說：

「我們接受，會一字一句正確轉達的。」

妻子露出安心的笑容：

「再見了，可愛的照相館小姐。今天的太陽下山後，就要忘了我哦。」

這是妻子最後說的話。

到了晚上，我們回到了照相館。

從妻子駕車離去，到四名男子醒來，大概經過快一個小時的時間。

當我們說明一切情形後，所有男子們的表情都很有趣，應該要叫芙特拍下來才對。

雖然有點在意男子們會如何處置芙特，但在對方追根究柢的盤問過後，這個疑慮也消散了。

他們果然還是不能把單純被捲入事件的一般市民和一般摩托車，強制帶到警局去。

我們被請求，或者該說被恐嚇：「這件事請妳們絕對不要對任何人說」；沖洗好的照片連同底片，也全被沒收——也不對，名義上應該說：「也為了維護治安自願提供」。

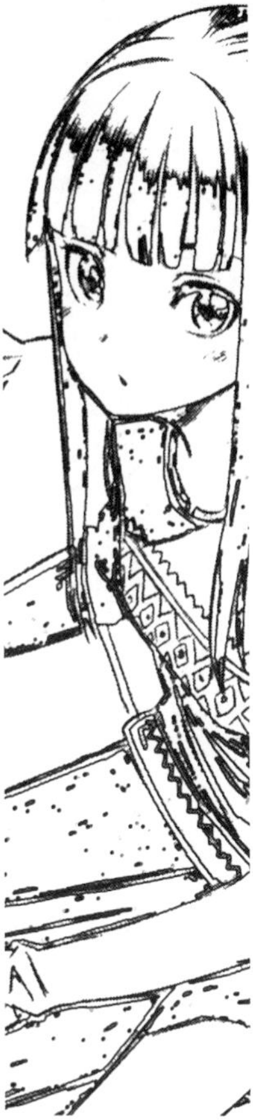

「夫婦的故事」
—Taken—

芙特把兩個人合照的照片，交給男子們。在交付的過程中，她離情依依的一張一張仔細檢視，再交出去。

以報酬的形式領取的現金，雖然沒有被沒收，男子們還是一張一張的仔細檢查這些紙幣，確認上頭是否留下什麼訊息。

男子們緊張的進行聯絡，等到別的車過來支援時就把這個家交給對方，他們自己則朝某處迅速離開，應該是要全力專注搜索那位妻子吧。

今後他們還是會為了守護這個國家的治安，持續不為人知的戰鬥吧。真是辛苦。

我們望著遠方的太陽，幾乎沒什麼交談就沿著來時路回到照相館，在把門上鎖，把昏暗的房間燈光打開，喝完一杯水，喘了一口氣後：

「不見了！」

芙特開口了。她只講了一句話，很開心。

「妳也注意到啦。」

我也省下敘述的工夫，真是太好了。

「不見了啊！黑白的！」

芙特原本像是從公祭回來的心情瞬間轉變，只見她一面在屋裡四處蹦跳一面說。

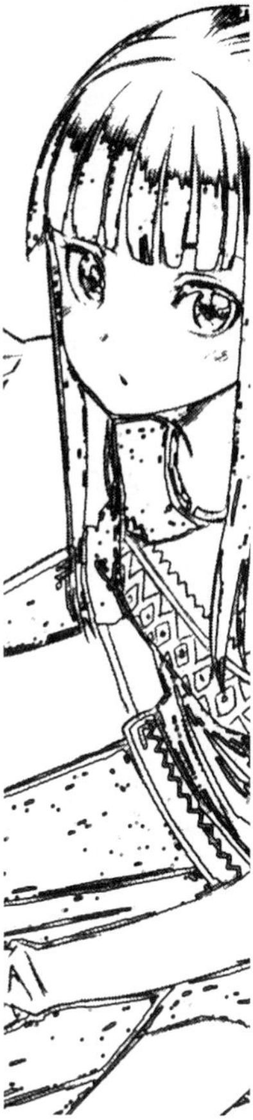

沒錯，其實不知在什麼時候，試拍的黑白照片就從芙特的包包裡不見了。

我與芙特，都是在把照片交給男子們的時候察覺到的。也就是說，照片被暗中取走時，我們完全沒有注意到。

是誰取走這些照片，也就不用特別說了。

姑且不論芙特，連我這摩托車的眼睛都能瞞過……不過不對，摩托車其實沒有眼睛。

「那個人……現在……到底在哪裡作什麼呢……？」

我回答道：

「嗯？哪個人？」

「咦？就是，那個——」

芙特說到一半就打住。

「不，沒事～」

看來芙特也明白了。就當那名拍過照的女性，已經不存在於這個世界上了吧。

芙特從包包的口袋裡，一面取出裝錢的信封，一面說：
「咦？這裡頭『為什麼』會裝好多的錢呢？好奇怪哦！」
芙特看來是玩興大發了。
「真不可思議啊！不過，妳賺到了啊！就儘量花在妳喜歡的地方吧！」
我也擺出認真的臉孔開玩笑回應著。不過不對，摩托車其實沒有臉。
「說的也是！那麼——雖然有點貴，我就買先前很想要的那組茶具吧！」
「就這麼辦！」

就這樣，這家照相館的茶具——包括茶壺、茶杯、茶托盤都換新了。之後有好一陣子——
「茶，不知道好不好？」
芙特總是會問這麼不可思議的問題。
「當然好啦。」
我也一定會這麼回答。

7 其實

第七話
「轉折點」
—Turning Point—

第七話「轉折點」

——Turning Point——

這個國家只有笨蛋。

但就算這樣，它在經濟與社會層面都取得成功，也真的很理所當然的，真的像一個優秀的人類一樣行動著，不對，橫行著。

為什麼它會成為一個讓笨蛋輕易成功的社會，我實在不能理解。

更不能理解的是，為什麼大家都沒有察覺到這件事。

連我都察覺到了啊。

不，不對。

所有人都是笨蛋。因為國民是笨蛋，所以成功者也是笨蛋。

所以，像我這樣的少數聰明人，總是「把他們當笨蛋」——也就是覺得不公平。

既然這樣，這個錯誤的國家就非破壞不可。

這就是已經察覺的我的義務。

這個國家的元首，是笨蛋。

總是只會嘴砲。明明只會講一些不痛不癢，實際上什麼也沒辦法的話，卻不知為何很有人氣，所以他才當上總統。這就是所謂民主主義的弊端。

我從新聞節目聽了幾次總統的演說，也幾乎讀過了有關總統的書。可是不論演說還是書，都是毫無價值的垃圾。

就這樣，該執行或是該完成的事都拿不出辦法，多數人卻支持他的行動。因為他們也是什麼也看不清的笨蛋，所以說當然也是很當然。

所以我要把這個笨到極點的總統給殺了，為了讓這個國家更好一點。

我可能會被逮捕，但無所謂。我想在法庭上，認真嚴肅的發表動機。

終究我的正確會被認可，國民們也會察覺到，真正犯錯的人是誰。

「轉折點」
—Turning Point—

我的刑罰應該相當輕，或許還會判處緩刑。

算了，檯面上要無罪或許沒辦法，但這樣也好。我就堂堂正正的服刑，以「討伐笨蛋總統，拯救這個國家的男子」的身分活下去吧。

我掌握到總統要來我住的城鎮訪問的情報。

這傢伙明明是笨蛋又不工作，只有在到處玩樂的時候才會積極。

當然我知道「訪問」並不是單純的旅遊，不過笨蛋總統的演說不但浪費時間、也沒意義，實質上就是在玩樂。

總統到達廣場的那一天，我沒去學校。這是人生十五年來，第一次的翹課。

雖然不是假日，我還是隨口告訴老師身體不舒服。就算把真正要作的事說出來，我也不認為笨蛋老師會聲援我、或是理解我。

我離開家假裝去上學，穿著制服就往廣場方向走去。那裡事先設置了一座非常大、迎接笨蛋都嫌太大的演講舞臺。浪費納稅的錢。

我從家裡，把最長最堅固的菜刀帶出來，準備在總統登上講臺的時候從旁邊跳出來，對準肚子給他一刺。為此，我還特別把布捲成一團，練習刺了五次。

可是，我被一群笨蛋組牆擋住了。

為了聽總統的演說，一大早就有非常多人湧進廣場來。

原本打算站到講臺最前面的我，發現已經沒辦法這麼作。就算跟他們說讓我走到前面去，這群笨蛋也當作沒聽見。

笨蛋總統完全不知道自己偶然撿回一條命，得意忘形的說一些又笨又沒有辦法的話。本來我打算直接把菜刀扔出去，但因為失敗機率太高就放棄了。

因為看笨蛋的臉聽笨蛋的聲音很煩，這一天我就回家了。

我改變主意了。

笨蛋總統就算不殺，總有一天也會消失，沒有殺的價值。

要殺更該殺的人才對。我思索著，直到看電視時才想到，這個國家最近最紅的女歌手，這傢伙

「轉折點」
—Turning Point—

最該殺。

這個女人年齡跟我差不多，卻被捧成什麼「國民美少女歌手」，賺得很大。

這傢伙上過的音樂節目，我都看過。她出的唱片，我在零用錢許可的範圍裡儘量買來聽。有刊登她照片的雜誌，我也儘可能地試著蒐集。

然後我確定了一件事。

如果要我說的話，這傢伙是個無可救藥的醜八怪。歌唱得一點也不好，我只要練習就可以唱得比她好。她的舞蹈，看起來就像奇怪的儀式。而她所唱的歌曲，也都是些哎呀戀愛怎樣那樣的，歌詞沒有一點意義。

把這種歌錄成唱片竟然每次都能賣，這個讓笨蛋歌手和笨蛋公司很好賺的世界，絕對是錯誤的。

這傢伙明明講不出什麼有趣的東西，每個星期卻能上廣播節目開講。只要在廣播電臺前面等，她一定會出現。記得曾經看過粉絲就這麼等，拜託她簽名的光景。

我轉乘公車，前往遠方的首都。

聽說首都因為治安惡化，警察臨檢隨身物品的次數頻繁，所以我沒有從家裡帶菜刀出來，而是在抵達首都後，在一間小文具店買了美工刀，還買了簽名板和筆。

只要趁拜託簽名的時機靠近並一口氣偷襲，區區一個女人應該很容易解決才對。

我去廣播電臺的後門，找到其他粉絲們等待的場所，加入他們當中。這些人都是一群儀容不整的男子，人數大約有幾十人吧，而且都是一些好色的笨蛋。

接下來等了數小時，廣播節目的時間結束，女歌手終於從後門走出來。粉絲們也像看見食物撒在面前的動物一樣，一齊集體行動。

混在這些人當中接近真是太簡單了——在我這麼想的一瞬間，一群強壯的男子陸續張開雙手，擋住了我與粉絲們的突擊。

我丟下簽名板，準備從包包裡掏出美工刀，卻在擠成一團的人群中碰到了某人的手臂，刀子就這麼掉了。我連忙尋找，但在這種狀況下根本找不到。

女歌手則站在瘋狂叫嚷要簽名的粉絲面前，說：

「對不起……今天以後，我就不能在這個場所為大家簽名了……謝謝大家。」

她深深的一鞠躬，就坐進了車裡。

笨蛋女人沒有殺成的我，這一天也沒有能回家，因為已經沒有公車坐了。

無事可幹的我，深夜在公園裡發呆，結果被警察問話，就這麼被帶到警察局。

因為不能說我是來殺歌手的，所以我撒謊說自己大老遠來要歌手的簽名，而笨蛋警察們就這麼相信了。

不過他們還是跟家裡聯絡，要我在局裡的長椅上睡，再把我送上早班的公車回家。本來心想父母親會狠狠罵一頓——父親卻說：

「想不到你竟然喜歡那個歌手到那個程度……算了，這次就不追究，下次請事先跟家人講過以後再去。沒拿到簽名，很可惜吧。」

怎麼會這樣，不但被誤會，還被同情了。

想說的話沒辦法說，確實很可惜，不過在這裡爭吵也沒用。於是我表面上還是很坦率的點個頭，說聲是。

我改變主意了。

又醜又遜的笨蛋歌手，人氣只是一時的，總有一天會過氣，也會從大家的記憶當中消失。這種人，我不需要去殺。

比她愚蠢又難以容忍的人，隨便找都有。

對了，旅行者。

我家靠近城牆，旁邊就是旅館。許多出境前，或者是剛入境的旅行者，都住在這裡。

那些傢伙大部分都很吵。不論是入境後舉辦對他們來說是久違的宴會，或者是出境前的宴會，大多會鬧到大半夜。沒品的噪音乘風擴散，連我家這邊都聽得到。

然而，因為那些旅行者砸錢讓這個城鎮富裕起來，講話抱怨的人很少。

不過我知道，這些笨蛋旅行者沒有生存的價值。

雖然先前並沒有意識到旅行者是這樣的，既然已經察覺到那些傢伙是笨蛋，我就不能放過他們。我要殺了他們，向國內宣揚我的正確。

下手的目標只要是旅行者，誰都可以，這麼一來下手也方便。

這些一進安全的城牆裡面就精神放鬆的旅行者，只要出乎他們意外地衝過去，應該就能偷襲成

功。而且那些人身邊，也沒有警衛。

我把菜刀藏在包包裡帶著，在旅館前面走來走去假裝散步，沒有被任何人懷疑。

不過，我一直找不到機會。

那些笨蛋傢伙的入境與出境時間並不固定，所以一直遇不到他們剛好從旅館移動到城門的機會。就算遇到了，如果是數個比自己還高的男子走在一起也不好。就算第一擊可以得手，最後一擊有可能被強制阻止也說不定。

儘管如此，我還是很有耐心地等著，等到快發瘋了。沒錯，我等了三天。然後，機會來了。

笨蛋旅行者有一個──就只有一個人悠哉悠哉的從旅館出來。

是個穿著黑色夾克，戴著帽子的旅行者。

很年輕，讓我很驚訝，看起來年齡和我一樣，正用雙手推著後輪左右與上方都堆滿行李的摩托車。

騎這種缺乏平衡感又載不了很多行李的摩托車出來旅行，真是個笨蛋傢伙。一定是連四輪車都沒有的窮人。

而且明明很年輕卻不去學校去旅行，正是愚蠢之徒完全沒有思考未來的具體證明。這種笨蛋傢伙，沒有生存的價值。

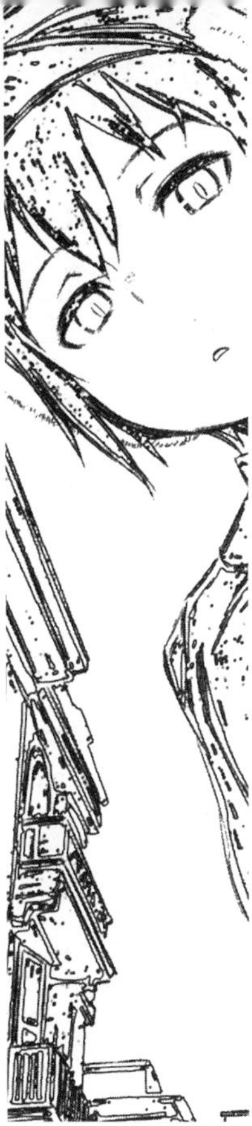

「轉折點」
—Turning Point—

時間是日正當中，附近沒有人，正好是下手的時機。

我的計畫是這樣，假裝路過從後面接近，默不作聲的突然襲擊。我後面沒有可以目擊的人，非常完美。

我慢慢的靠近。這個旅人就這麼背朝著我，悠哉悠哉的戴著手套，完全沒有警覺心。

我當然沒有砍人的經驗，但又怎麼樣。這種笨蛋人類，死是理所當然，沒有任何躊躇的必要。

我有這個決心和意志。

來到差三步的距離，我向前猛衝。為了砍對方的脖子，我從包包取出菜刀攻擊過去。

看著天空。

我仰躺著倒地了。

不知道發生了什麼事。

頭猛烈的疼痛，跟被割破一樣的疼痛。

青色的天空，刺眼般的明亮。我就像是剛起床一樣，腦袋轉不過來。

天空，和位於高處的太陽，都被旅行者的上半身遮蓋住了。

就是一團黑影，看不到臉。

我會死在這裡嗎？

還沒有糾正這個笨蛋國家，就死在這裡嗎？

如果是這樣的話，對這個國家，不對，對這個世界而言，會是多麼大的損失啊。

不過算了，能夠跟這個又笨又無可救藥的世界說再見，這樣也好。

我消失以後，就讓這個世界非常後悔去吧。唯一能糾正錯誤的人類不在以後，到底會帶來多麼大的損失，就讓這個世界知道自己悲慘的下場吧。

視野終於愈來愈暗，藍色的天空也從邊緣開始變黑。

雖然沒什麼感覺，但我的身體一定從某個地方大量失血。大概再過幾秒，我就死了。

我聽到附近有聲音，明明意識正在失去，卻聽得特別清楚。

「奇諾，妳真溫柔。現在這個狀況，妳殺人也算正當防衛啊。」

「我不需要去殺他，漢密斯。這個人殺我的方式太拙劣也太遲緩，到底是怎麼回事……？他想作什麼呢……？」

「誰知道。要不要乾脆問他本人看看？」

「這樣的話，我花這種時間也沒意義。好了，出境吧。」

妳說什麼……

開什麼玩——

我在醫院醒來了。

聽說，我變成大字形躺在路中間昏迷不醒，被路人通報送過來。

我的頭側面多了一塊小傷痕，醫生診斷的結果是腦震盪。

醫生問我知不知道原因，我說了謊，告訴他是腳滑摔倒。

那個叫奇諾的旅行者，早就出境消失了。就算問城門守衛，也不知道對方去哪裡。

我不會忘記那傢伙最後說的話。

什麼叫「沒有殺的價值」！

「轉折點」

—Turning Point—

竟然說我是沒有價值的人！

開什麼玩笑！

妳才是沒有生存價值的旅行者啊！

這種垃圾，竟然說我沒有價值！

開什麼玩笑！我要殺了妳！我要殺了妳！我要殺了妳！

下次再到這個國家來，我絕對，不計任何代價，也一定要殺了妳！

為了能殺妳，我該怎麼作才好？

只要能殺妳，我什麼都會作！我什麼都作給妳看！

為了計劃更有效的復仇方式，就算是念書學習我也作給妳看！

為了下次不輸給妳，我會鍛鍊身體！

為了更了解旅行者的生態，下次遇到那些傢伙我會徹頭徹尾去問，把他們的思考方式都搶過來！

為了能問到旅行者，我會去旅館打工，增加知道旅行者的機會！

要讓那些傢伙對把我當笨蛋這件事後悔！

我改變主意了。
只不過——我不再焦慮了。
為了總有一天的到來，我宣誓要復仇。
為了向這個充滿笨蛋與錯誤的世界，證明我的正確與價值。

「您說，『轉機』嗎……」
「是的。我們製作這系列專訪，是認為：『不論是哪個人，都會有一個重要的轉機，去大幅度的改變人生方向，就像是改變自己的人生觀點一樣』，所以我們的節目標題叫『關鍵點』。對老師而言，什麼是帶給您轉機的那一瞬間呢？」
「雖然您是這麼說……轉機，啊……嗯……」
「老師您從十八歲出道至今，持續筆耕不輟已經二十年，是在這個國家裡沒有人不知道的暢銷

「轉折點」
—Turning Point—

大作家。特別是您透過對旅行者的取材，將外界對這個國家外顯形象的觀點赤裸裸描寫出來的處女作『我、旅、今』，已經好幾次拍成電影，這回更是第三次確定要改編成電視劇了。」

「託大家的福，我暫時不用擔心飢餓了。大家對我想到什麼就隨手寫下的作品如此厚愛，對於這個國家的每個人，我只能不斷的深深鞠躬。」

「您又太客氣了。那麼老師您有過什麼樣的『關鍵點』呢？真的只要靈機一動想到的也可以說出來！說不定您說出來，就會有很多人認為那一瞬間就是重要的轉機！」

「說的也是……嗯……如果勉強要說的話……」

「要說的話？」

「嗯……」

「等一下——您應該不會是刻意讓我乾著急吧？」

「不，我並沒有這個意思……」

「那麼，可以讓我們舉幾個可能像是轉機的事件嗎？」

「好的，這樣我就得救了。」

「比方說十年前，老師娶了那位曾風靡一整個世代的國民美少女歌手，作您的妻子對吧？」

「是的，嗯，我很幸福。」

「轉折點」
—Turning Point—

「現在兩位也是公認的恩愛夫妻，不過聽說老師年輕的時候就聽過她許多唱片，是忠實粉絲；因為她擔任老師原作的電影女主角而相識，之後有一段時間持續穩定交往，最後成功達陣！怎麼樣，這算不算是最大的轉機？」

「這個嘛，在我的人生中，這確實是非常非常重要的事件，不過……」

「不是嗎？那麼，總統親自表揚您的時候呢？當時您才二十歲吧？第二部作品就得到文學獎，那時候喜愛看書的總統甚至還邀請您一同用餐。」

「這個嘛，該怎麼說呢……話說回來，那個人會繼續連任總統多久呢……他還是很有人氣……真的很強勢……」

「雖然這也是個好問題，不過讓我們先忘了它吧老師！轉機！我想知道老師的轉機！」

「這個……我是這麼想……」

「喔喔，『您是這麼想』？」

「轉機……其實我不認為有這種東西。所謂契機並不只有一個，而是一種連鎖反應。一切事情都有意義，一切事情都互相有關聯。我過去曾經想什麼，當時我又作了什麼，為什麼會失敗，之後我又想了什麼，希望了什麼，為此我又作了什麼——這一切都與我的現在有關聯。」

「您這麼說，反而就換我們困擾了……」

「可是，我也只能這麼說了……那不然這樣吧！現在這個瞬間，也就是我被問到：『轉機是什麼？』的這一瞬間，就是一個轉機，也就是讓我得以察覺到：『以前沒有這種東西，以後應該也不會有』的這一瞬間。」

5 文章

⑫ 第一

第八話
「羊群的草原」
—Stray Army—
14 開始

第八話「羊群的草原」

——Stray Army——

有一處春天的草原。

那是一處非常廣闊，無邊無際的草原。大地幾乎一片平坦，朝著地平線方向的地形略有坡度，四周無山。

度過漫長冬天開始生長的草，將大地覆上一整片綠色。綠海當中點綴著幾處密集生長的樹木，彷彿像島嶼般浮在海面上。

天空晴朗的亮麗，明亮的藍色直上高空。空中不見一絲雲彩，早晨的太陽懸浮在東方天空，持續溫暖大地。

在這片草原上，一輛摩托車奔馳著，那是一輛後輪旁邊的黑色箱子上，綁著包包和捆起來的睡袋的摩托車。

摩托車騎士是名年輕人，黑色短髮、一臉精悍，戴著附有帽簷及耳罩的帽子，和銀框的防風眼鏡。

騎士穿著黑色夾克，腰間繫著皮帶。右腿上掛著掌中說服者的槍套，裡頭收著一把大口徑說服者，腰後還插了一把槍身細長的小口徑自動式手槍。

草原上雖然有道路，但罕有車子通行，成了一條和其他地方相比只是草長慢了點的「線」。在這條一不小心就會和其它綠色搞混迷失的道路上，摩托車緩慢地奔馳著。

道路大致上以東西向延伸，摩托車現在正向西行進。

「身子很暖和，有點想睡。」

騎士說道。

「別睡，奇諾，會摔倒喔？不過這裡是草原，摔倒的損害也比平常小。」

「我不會睡，漢密斯。摔倒的話，要把漢密斯抬起來非常辛苦。」

「每趟都花很多時間啊，其實我很想衝快一點。」

「誰叫漢密斯太重，如果減肥就可以快了。」

叫奇諾的騎士，左手離開龍頭把手，將夾克靠近脖子上的拉鍊稍微拉下，讓風灌進胸口。

「羊群的草原」
—Stray Army—

叫漢密斯的摩托車，則問奇諾：

「雖然有點早，要在這一帶休息嗎？吃點心？」

「嗯，吃完睡一下好了。就在那個森林張吊床，睡幾小時。」

奇諾指著從左前方接近的「島」如此說。

那裡和其他森林相比，特別的大。

雖然不知是什麼理由，但有許多枝葉繁茂的高大樹木生長著，也因此無法看透森林深處，樹枝與樹幹連結的部分無法曬到陽光，黑色的潰爛部位明顯可見。

在那處森林裡，有一團白色晃動。

「嗯？」

奇諾察覺到這點，持續投注視線。

在森林中、靠近地面的地方，有一團白色搖曳著。那並不是一團大的東西，而是由幾十個、甚至幾百個東西聚集成一團蠕動著。

「那是什麼……？」

「啊～那是羊，奇諾。」

視力遠比人類好的漢密斯說。在距離更近的時候，奇諾也明白了。

那是羊。大小和一般的羊一樣，不過是體毛不多的種類，外型相對清爽。牠們頭上可以看到彎曲的短角。

「真的，是羊群。不過為什麼會在這裡？有遊牧民族居住嗎？這麼說來，沒看到牧羊人。」

「大白天在森林裡睡覺中？」

「如果是這樣，就別打擾他們。他們有他們的生活方式。」

奇諾與漢密斯繼續奔馳，森林的位置也從左前方慢慢移到正左邊。愈靠近森林，就愈可以看見大量的羊臉並列，凝視這邊的狀況。

然後，在奇諾他們正好經過森林側面，也就是最接近森林的那一瞬間。

羊群開始跑出來了。

一頭羊先跑出來，全部的羊則像被牠帶領一樣接連跟上。看不出是否有幾百頭那麼多的白色綿團，一齊出動，以奇諾與漢密斯為目標。原本間隔有差不多一百公尺的距離，開始逐漸縮短。

「什——」

奇諾眼睛睜大看著這片光景，右手則稍微加快油門。

羊群用牠們的全速，毫不留情地往開始加速的漢密斯衝過來。

從森林出來的羊群數量沒有止盡，綠色的草原逐漸染上一片白。可以聽見大地發出來的響聲，還有「咩～咩～」的吵雜哭叫聲。

「天哪～那是什麼？是要來吃奇諾嗎？」

「或者是要來吃漢密斯？」

「不管吃誰都不好，快點奇諾，加速加速。」

「我知道。要是被那一團包圍，我可受不了。」

奇諾再加快速度，漢密斯的引擎聲也變高亢了。被摩托車後輪踢飛的草支離破碎，向後方高高飛舞。

全力快跑的羊群，速度當然跟不上摩托車，慢慢地向後退了。

數秒過後。

「應該沒問題了吧？」

稍微放鬆油門的奇諾，回頭向後張望。

「啊，奇諾，這裡不行！」

漢密斯尖聲說。

「咦？」

奇諾回頭看向前方，正好他們越過一塊山丘，下坡路上可看見一處淺淺的窪地。

「哇……」

那裡已經被白色的生物填滿了。

奇諾按了剎車。

在另外一團巨大羊群前方停下來後，她又回過頭去。原本擺脫在後的羊群，又再度逼近過來。

雖然速度緩慢，牠們確實往奇諾他們這邊迫近中。

「這下沒辦法了……要從道路上離開了，漢密斯。」

「我知道，注意地面顛簸。」

奇諾用力打檔，同時漢密斯向右大幅度傾斜。在後輪豪爽的橫向滑行過後，漢密斯一瞬間就將方向轉往北方。

「羊群的草原」
—Stray Army—

原本在窪地的巨大羊群，開始行動，朝奇諾他們過去。

兩團羊群，襲擊朝北方草原逃走的奇諾。幾百頭、甚至幾千頭羊，或者應該說是兩片白色海嘯，分別從左右兩邊逼近過來。

「怎麼會這樣……雖然被動物驚嚇的經驗有好幾次，但想不到羊也能嚇人！」

奇諾一面撐起腰身，緩和顛簸不平的草原帶來的衝擊，一面以比剛才在道路上還快的速度奔馳。

「妳都把人家獵捕來吃了好幾次，牠們一定是來報仇的。」

「那是因為真的很好吃。如果現在道歉的話，牠們會原諒嗎？」

「應該不會，妳看牠們繼續追過來。算了，我們只好跑到牠們累了不想追為止吧。」

奇諾與漢密斯，繼續在草原上奔馳。雖然每回頭一次，羊群就稍微遠一點，但只要速度慢一點，這些不知道疲累的羊就馬上逼近過來。

「好煩啊，這些羊到底是怎麼回事……」

「沒有一頭羊的身上有掛鈴鐺，牠們是不是沒有被飼養啊？」

「不管有沒有都很煩。」

「要射殺牠們嗎？今晚就吃小羊排大餐！」

「羊群的草原」
—Stray Army—

「子彈根本不夠。」

「那要不要嚇牠們看看？」

「試試看好了……」

奇諾按了漢密斯的剎車，在草原中央停住了。在轉身同時，奇諾從右腿拔出她取名叫「卡農」的說服者，用大拇指將擊鎚扳起。

為了讓槍聲傳遍四方，她把目標對準上空——

砰！

開了一槍。

槍聲轟隆隆的傳遍了草原。

「不行，這招沒效……」

完全沒有任何效果。

羊群連一瞬間的恐慌都沒有，朝這裡過來的速度也沒有放緩。奇諾把「卡農」插回槍套，把槍套扣好以防掉落，再度駕著漢密斯向前奔馳。

「看樣子，就算殺個一兩頭應該也沒辦法……」

「說不定還會追加報個『殺同伴之仇！』呢。」

「算了，不要隨便殺生，我們逃吧。」

奇諾再度催著油門，急遽加速準備爬上小斜坡，就在這時候——

「不行！停下來！」

在漢密斯尖銳的叫喊聲下，奇諾盡一切力氣急速煞車，最後讓摩托車後輪在草皮上大幅度向右滑行，幾乎要打橫才停止住。

在上坡前方，也就是漢密斯停住的場所前面一點點位置，大地裂了一道口子。

「唔……」

奇諾說不出話來。

「天哪～！好險啊～！」

漢密斯叫出聲來。

在奇諾眼前，草原出現了一條裂口，寬度大約有五公尺。

裂口底下是陡峭的V字形深溝，表面盡是土壤。深溝的斜度幾乎垂直，深度有十公尺以上。奇

諾仔細觀看深溝底端，寬度大約有二公尺，中間有水流過。

奇諾迅速往左右看去，深溝延綿不絕，看不到盡頭。

「這是什麼……」

「是地裂吧，會不會是地震造成的？」

「掉下去就不得了，謝謝你，漢密斯。」

「不用客氣。可是，現在也很不得了喔？」

「也對……」

白色波浪正從左右逼近，還差大約兩百公尺。因為橫向寬度太廣，就算現在出發，想沿著深溝逃走也來不及。

「嗚——」

正當奇諾向槍套伸出右手時，漢密斯以冷靜的語氣說道：

「沒辦法。奇諾，妳先逃出去吧。」

「去哪裡？」

「深溝底下。奇諾妳可以沿著崖邊下去，陡成這樣，羊也下不來追妳。」

「漢密斯怎麼辦？要滑下來嗎？」

「這樣我真的會壞掉。所以，妳把我放倒在這邊就好。」

「……如果先調頭再過來的話，沒辦法跳過這裡嗎？」

「這種寬度沒辦法，如果有跳板的話就另當別論。好啦好啦，牠們要過來了！快點！包包帶著就走！」

奇諾回過頭來：

「我絕對會回來接你！」

然後，她就照漢密斯說的行動。

她從漢密斯上面跳下來後，沒有腳架支撐的漢密斯砰咚一聲，向左邊草地上倒下。

奇諾把後座上綁住行李的束帶解開，把皮製的大包包抓起來，往深溝丟下去。包包沿著土坡滑落著。

羊群來到眼前了。

當奇諾從雙腳開始向後轉身，開始沿著崖邊手腳並用向下爬行時，羊群波浪已將漢密斯吞噬了。
奇諾在最後的數公尺，幾乎是用滑的下去，最後一屁股坐在已掉在地面的包包上。她抬起頭來一看：

「………」

在那裡，是一片並排在大地裂口邊緣的羊臉，非常壯觀。牠們用橫向細長且不懷好意的眼神，一起盯著奇諾。

「可惡……」

奇諾拔出「卡農」，對準一頭羊打算扳起擊鎚。

「沒用的——妳不如先逃吧～！這些羊，看起來只會找人類麻煩！妳可以爬上對面嗎～？」

她聽到崖頂上漢密斯的聲音，就停止射擊，將擊鎚與轉輪回歸原位。

奇諾望向對面的崖坡，那裡的坡度遠比自己剛滑下來的還要陡，手稍微碰一下就有大量土壤崩落下來。

「看起來有困難！」

「那麼，妳往水流方向，沿著深溝快逃吧～！」

「我知道了。漢密斯！我會想辦法回來接你的！」

「我知道了～！不過，因為我不會餓，所以妳不用急！說不定，我跟這些傢伙也可以有話好好說！」

「你可以跟羊說話～？連我都不知道！」

「我現在就要請牠們教我～！」

「那麼──待會見！」

奇諾把包包背在背上，整個腳踝泡在泥水裡，在深溝底下踏出腳步。

羊緊跟過來。

奇諾將沉重的包包提在手上，沿著深溝向東走走停停，羊則在旁邊緊跟著。牠們在深溝頂上，用大量的眼睛、橫向細長的眼神，一直俯瞰著奇諾。

「……」

奇諾偶爾朝羊群瞪回去，又繼續向前步行。

她走到過了中午，才在羊群的注視下休息。

她啃著先前分好放在包包裡的攜帶糧食，把幾乎是泥漿的水用淨水器過濾後倒入杯裡，以固體燃料煮沸後當茶喝下。

「食物有幾天份……其他幾乎都放在車輪旁邊的箱子裡……」

奇諾一面檢查包包內部，一面喃喃自語。

「不過，看來不會凍死了。不愧是漢密斯。」

包包裡有換洗用的內衣褲，和折成一小件的褐色大衣。

以及最重要的——

在奇諾持有的物品中，收藏了一支不論射程或火力都是最為強大，在這種開闊場所壓倒性有用的前後兩截式步槍。奇諾稱它為「長笛」。

用餐結束後的奇諾，就在羊群眼前，開始組裝「長笛」。

「羊群的草原」
—Stray Army—

她把附有木製槍托的後半截，插入全金屬製的前半截槍身裡，用固定具鎖緊；再將瞄準鏡裝在槍身上，把可以容納九發強力步槍子彈的彈匣扣上去。

奇諾沒有裝填子彈，就透過瞄準鏡對準十公尺上方的羊：

「如果我的肚子真餓了，就把你們當中某一頭吃掉哦？」

奇諾用吊帶把「長笛」背起來，用手提著已經輕很多的包包，再度踏出步伐。

直到太陽沉下、世界轉為黑暗時，羊群仍一直跟著。

奇諾該休息時就休息，該行走時就再度行走。或許實際上並非同一群羊在跟著，說不定羊群可能有分批換班，不過從外表分辨不出來。

這段時間，一直可以聽到一陣一陣的「咩～咩～」叫聲。

「好吵，又好煩……真是的，你們沒有家嗎？」

羊群一句話也沒說。

雖然從奇諾這裡看不見，但太陽已經沉到地平線以下，世界逐漸黑暗，氣溫也愈降愈低。

奇諾把能穿的衣服全部穿上，用大衣裹住身體，在狹窄的深溝底下，靠著崖坡坐下。

「晚安。」

她向盯著自己的羊群打過招呼，就在瘋狂閃耀光輝的群星底下，抱著「長笛」入睡。

第二天。

奇諾無法熟睡，夜裡有好幾次因為細微聲響而驚醒，但最後她還是如往常一樣，與黎明同時醒來。

「……好了。」

奇諾一面注意讓自己不弄出聲響，一面朝崖頂望去。那裡沒有羊的身影。

世界從昏沉逐漸明亮，在空中閃爍的星光數量也減少許多。

「這樣一來，希望可別爬上去，才發現羊群就在附近啊……」

奇諾留下「長笛」，慢慢地攀上懸崖，雖然有好幾次差點滑下去，但最後還是站穩腳跟，右手拔出「卡農」——

「羊群的草原」
—Stray Army—

「……」

悄悄的從崖邊探頭出來。

那裡什麼也沒有。早晨的草原，籠罩在一整片薄霧底下。

雖然因霧的關係看不見遠方，但即使環視周圍，就是看不見羊的身影，連羊叫聲也沒聽見。

「好了，該怎麼辦……」

奇諾先回到深溝底下，一面吃著攜帶糧食當早餐，一面用手指在懸崖的土坡上畫著簡單的地圖，進行計畫。

「前往目標國家，只要花上幾天，應該不是走路到不了的距離。食物和水可以想辦法解決。不過，如果被那群羊追上就逃不了……」

奇諾左右搖頭，在地圖上畫了一個╳。

「先輕裝回到漢密斯旁邊，立刻騎上他逃走……？行李可以之後再回收。最糟的狀況，就是先抵達國家再重新計畫……如果，就算羊再少還出現在附近的話……」

這回奇諾背著「長笛」爬上懸崖。

太陽已經出來，霧也完全散去。

在與昨天一般清澈的青空下，奇諾儘可能壓低身子，端著「長笛」用瞄準鏡窺視。

「羊群的草原」
—Stray Army—

西邊，沿著深溝向盡頭望去——當然看不見倒在草原上的漢密斯，不過在那盡頭附近，可以隱約看到記憶中的那塊大森林。

沒錯，就是那時候從側面經過的森林，而且——

「……」

在那森林附近，可以看到大量白點，就像是全部從袋子裡灑出來的芝麻一樣。很明顯牠們是羊群，把原本的綠色大地滿布到幾乎要變了顏色。

奇諾一面盯著瞄準鏡，一面緩慢的環視四周。在瞄準鏡中流動的景色，盡是一片無可取代的青翠草原。奇諾暫時放下瞄準鏡。

然後——

「……」

她又再一次舉槍擺出姿勢。這回她將瞄準鏡的倍率調到最大，仔細的觀察。

奇諾看見東邊有什麼東西被太陽光照到，發出燦爛的亮光。

以距離來說走了數公里。

脫下大衣汗流浹背的奇諾抵達的地方，停著一輛前輪掉在溝裡的車子。

不斷延伸的地裂深溝，到這裡已經變淺了。寬度愈來愈窄，溝底也愈來愈淺。

如果羊群一來很快就會逼近這裡，而且奇諾也打算如果有任何風吹草動就逃走，不過四周沒有羊的身影。

奇諾在數百公尺以外的距離，用瞄準鏡觀察車子。

那是一輛旅行者常用的四輪驅動車，後方有類似小型卡車的車斗，上面蓋著帆布。車子的顏色是大地一般的焦褐色。至於讓奇諾發現到它的原因，也就是後照鏡，則反射著太陽發出亮光。

雖然是輛大輪胎高底盤的車子，它的一對前輪卻整個卡進已經縮窄到一公尺寬的溝裡。很明顯這輛車開過來的時候並未注意到，就這麼掉在那裡。

在車窗內，不論是駕駛座還是後方座椅，都看不到人影。

「是駕駛放棄從溝裡開出來，坐別的車逃走了……？不對，還是說……」

奇諾沿著愈來愈淺的溝步行，走近車子。

她帶著包包走到身體高度就要超過溝深的地點，就在那裡把包包放下來。接著她把「長笛」抱在胸前，以隨時可以連射的姿態，壓低身子向前進，抵達車子旁邊。

然後——

「果然，沒有逃走成功嗎……」

她發現草原上，散落一地人骨。

奇諾一面警戒周圍，一面對剛才發現到的遺骨進行探查。

一人份的白骨，散落在車子四周數十公尺的範圍內。

骨頭上有好幾處小型齒痕，似乎曾被羊以外的野生動物或是棲息在草原上的小動物啃食過。

原本穿在身上的西式服裝，被撕裂的破破爛爛，肋骨和脊椎骨則是一同被發現的。從骨頭大小推測，應該是一名成年男性。

當她發現下述這些骨頭的同時，就知道車主是怎麼死的。

腓骨，亦即小腿上的骨頭，不分左右都大角度的折斷了。這種地方如果有這麼嚴重的骨折，在激烈疼痛下，想有任何動作都辦不到。

「首先，車子卡進視野死角的溝裡。當車主想從溝裡開出來而下車時，一不小心就被羊群用身體撞到……連走路都沒辦法，就死在這裡……」

奇諾推理當時的狀況，打了個冷顫，搖了搖頭。

這個推理，在發現車主的記錄時獲得證實。在男子的指骨附近，連同他的掌中說服者一起被發現的記事本裡頭，就有他的旅行紀錄。

如果從記事本裡可以辨識的內容看來，從旅行一開始到中途，他曾將這一趟人生夢想中的旅行，以數年時間周遊各種國家增廣見聞的心得，滿懷興奮的隨手記述。

「……」

最後幾頁，記載了這個春天開始的日期。

從被羊襲擊、為激烈疼痛所苦、期望有人會經過這裡；到後來絕望、最後決心自殺的過程，都連同恐懼與怨恨一起被刻寫進記事本裡。

奇諾把掌中說服者與筆記本一同放進夾克口袋，開始調查他的車。

這輛前輪栽進溝裡、大角度傾斜的車，車斗上有一只長方形的大鋁箱，箱子裡裝了帳篷、繩

「羊群的草原」
—Stray Army—

索、換洗衣物、以及備用彈藥等等。

他的旅行物品，就這麼留在這裡。

或許是為了要讓這輛很耗燃料的車子可以長途旅行吧，一只圓柱形的大燃料桶固定在車斗上，桶內幾乎還是全滿的。如果車子的燃料箱空了，這桶燃料就會照計畫從這裡移過去補充。

奇諾發現了鐵板。

寬度五十公分，長度二公尺以上。這兩塊基於減輕重量的理由以等距離方式鑽出圓洞的薄鐵板，在車頂上被大螺絲釘固定著。

這種板子叫「沙梯」（sand ladder），是在車輪開進沙地、泥濘地、雪地陷入空轉時使用的工具。

奇諾把固定用的螺絲釘轉開，將兩塊鐵板拿下來，墊在陷落溝裡的前輪底下。接著她踢了好幾下，讓溝裡的土把鐵板深埋起來。

坐進右方駕駛座的奇諾，將一直插著的車鑰匙，慢慢轉動。

「拜託了……」

雖然接下來的話並沒有說出口，但正如奇諾所料，車子還有電，引擎也很乾脆的啟動了。

在運轉引擎一段時間暖車過後——

「真的是好久沒有駕駛四輪車了。當初有請師父教我真是太好了。」

奇諾打入一檔，氣勢十足的發動車子。

前輪與後輪都通過沙梯，真的就這麼一下子，車子就脫離絕境了。奇諾在草原上繞了幾圈，確認這輛車的動作一點問題也沒有。

奇諾用車上的鏟子在地上挖洞。她把洞挖深，再把所有的白骨聚集過來埋在這裡。

雖然沒有立墓碑，奇諾還是在墓前脫下帽子，靜靜禱告。

然後她說：

「您的車，請借給我使用吧。」

白天的草原上，一輛車奔馳著。

在天頂照耀的太陽底下，這輛焦褐色的四輪驅動車，沿著地面上的深溝疾駛而過。

大森林的風景，映照在司機奇諾眼前。而從森林裡出現，宛如白色海嘯般的羊群，也看在她眼裡。

奇諾踩下了油門。

「喔？喔喔喔喔喔～！」

一直倒在崖旁草原上的漢密斯，發出高亢的叫喊聲。

一開始聽見的是羊群哀叫聲，然後連車子引擎聲也能聽見。最後，就連倒地的漢密斯也能看見了。

看見焦褐色的四輪驅動車逆向白色波浪靠近過來的樣子，還有坐在駕駛座上的人臉。

「奇諾～！」

奇諾不斷衝撞宛如白色波浪逼近過來的羊群，一路前進。

「羊群的草原」
—Stray Army—

為了不讓可能的衝撞對引擎造成損傷，四輪驅動車的前方會設置一道鐵管造型的保險桿。奇諾毫不留情的衝入羊群，在白色羊體上方或側面不斷飛躍，或者應該說是用前後輪不斷輾過羊的肉體，一路前進。

血與內臟不時噴濺，在車子各處染上新的塗裝。令人難以想像是這個世界會有的哀叫聲，響遍整片草原。

逼近過來的羊群成為障礙，降低車子的速度。

不過奇諾並沒有放鬆油門，反而是踩到極限。

大輪胎輾過在底下當肉墊的羊，車子一點一點的向前進。憤怒發狂的羊用身體衝撞，讓車子左右的鈑金陸續出現凹陷。

奇諾輾死了好幾十頭羊，來到了漢密斯附近，大約是三十公尺的近距離。

在車子停止的瞬間，周圍一下子就被羊群塞滿，滿到似乎可以直接在羊背上走很遠的程度。雖然羊群不斷頭槌讓車子搖晃著，但還不至於真的衝進車裡面。

在「咩～咩～」的怒吼聲中，奇諾喊叫著：

「漢密斯！我來救你了～！」

「奇諾～！妳這是什麼～！是買的嗎？妳又亂花錢了～！」

「不是啦！我是在逃亡的終點，偶然發現的！」
「妳用偷的？車主不會生氣嗎？」
「不會，我每殺一頭羊，他在九泉之下也應該會高興一點！」
「怎麼會這樣！——好吧奇諾，總之妳先去最近的國家，再找人來救我！」
對漢密斯的提案，奇諾否決了：
「不要！」
「為什麼～？」
「我不能保證，下個國家會有人到這種地方來救你！」
就在這個時候，原本在駕駛座旁邊推擠的羊群身上，突然有另外一頭羊跳上來。然後牠朝著打開車窗叫喊中的奇諾，一頭撞過去——
砰！
牠中了奇諾右手上的「卡農」一槍，噴灑著血與腦漿落地了。

「可是，這裡是沒辦法逃走的！」

「不試試看，怎麼會知道！漢密斯，你的燃料沒有漏吧？沒有哪邊壞掉吧？」

「這倒沒事！」

「很好！」

奇諾聽到漢密斯的回答後，再次開動車子。她「砰咚砰咚」的擠開羊群，或者應該說是「嘎吱嘎吱」的輾過羊體，與漢密斯拉開了距離。

接下來，當她抵達深溝東側的邊緣時，叫了一聲：

「要來了！」

奇諾用力拉扯綁在後方車斗上的繩子。

這條繩子，就綁在圓柱形燃料桶的開關上。燃料就從被繩子拉開的開關那邊，不斷灑落在地面上。

奇諾又一次開動車子，繼續在草原揮灑大量燃料。

雖然有幾頭羊想衝過來，但在強烈的臭味對眼鼻的刺激下，沒有羊跟在車子後面了。

奇諾像是繞漢密斯一圈般，沿著半徑約五十公尺的圓形路線持續行駛。前頭不斷輾殺羊群，後頭則不停揮灑燃料。

「羊群的草原」
—Stray Army—

「真的想不到，妳這次行動真豪邁啊，奇諾。」

當漢密斯還在感動，或者應該說是還在驚訝的時候，奇諾畫完了半個圓形，圓桶也剛好全空了。

奇諾讓車子與地面上的燃料線拉開一段距離，然後將事先立在副駕駛座底下的「長笛」取出，穿過車窗擺出射擊姿勢——

「看招。」

她向地面發射一槍。

在曳光彈尾端發光的化學藥品，一擊命中燃料線——

轟！

綠色的草原，生出了紅色的火焰。

灑在地面上的燃料起火燃燒，一下子就分別朝左右方向疾走，畫出了一道半圓。

火焰一開始，燒到人的身體高度，凡是靠近的羊群都被燙得發出哀叫聲。有幾頭羊直接被燃料沾上，就這麼變成幾隻左跳右跳的火把。
半圓形的火焰，正如奇諾的預期，成為限制羊群行動的柵欄。裡面的出不去，外面的也進不來。
奇諾抓著「長笛」，從車窗翻了個身，登上車頂。
她一面感受著燃料燃燒時的熱風，一面扎實的將「長笛」抵在肩窩上。
聞著血、內臟、燃燒中的燃料氣味，她說：
「別怪我。」
就開始毫不留情地連續開火。
在火焰柵欄裡的羊，從最遠的開始被子彈射穿身體。羊群的心臟與肺部被打穿，一隻一隻的倒地，前後腳抽搐幾下就死了。
奇諾更換「長笛」的彈匣，持續開槍射擊。
她把持有的子彈全數打光，開了有數十槍。接下來就用「卡農」對近一點的羊群射擊。
在「卡農」的備用彈匣也打光以後，她掏出了腰後那一把被稱為「森之人」的自動式手槍。
乾澀的聲音響起，確實貫穿了奇諾附近的羊群眼睛——
「唔～嗯，毫不留情～」

車子周圍，終於沒有一頭活羊了。

火焰柵欄的高度也降低了一半。在柵欄對面，充滿恐懼與瘋狂的羊群，發出尖銳的叫聲，或者應該說是吼聲。

奇諾背著「長笛」，從車上跳下。她緊抱著原先放在後座上的包包，跑過充滿血跡的草原，來到漢密斯旁邊。

「妳回來啦。」

「我回來了！」

奇諾一口氣扶起漢密斯。

「妳還是挺能幹的！」

然後，她用這輩子最快的速度，把包包綁在漢密斯上面。

「怎麼辦？現在用那輛車逃走不行嗎？要不要想辦法，把我放在車斗上？」

「沒辦法。剩下來的燃料，全都用在那道火焰柵欄上了。」

「羊群的草原」
—Stray Army—

「怎麼會！那該怎麼辦？」

奇諾沒有回答，離開漢密斯又回到車子那裡。

「咦～？」

然後，她用雙手把鋁製的大箱子抱回這裡來。這只箱子原本裝著車主的行李，但現在裡頭當然是空的。

奇諾把箱蓋打開後，整個倒過來置放在深溝前緣；在上面跳了好幾下，讓箱體的銳利邊緣整個埋進地面。

「咦～？」

奇諾再度回到車子那裡，這回抱著先前脫離用的一塊沙梯回來，將它以斜上方向擱在剛才那箱子的側邊。她繼續用力踩踏，讓沙梯的一邊也整個埋進地面。

「不會吧～！奇諾，慢著，妳認真的？」

面對漢密斯的問題，奇諾答道：

「不是說有跳板的話，就另當別論嗎？」

「我當時只是想開個玩笑，緩和一下氣氛啊～！」

「現在才講來不及了！」

奇諾跳上漢密斯，腳用力踢著啟動桿，發動引擎。她毫不留情的催動油門，粗魯暖車。

「啊啊好過分。如果不是這個緊要關頭，我一定會很生氣的送上零分血液書啊，奇諾。」

奇諾想了很久後，說：

「……是『離婚協議書』吧？」

「對，就是那個！」

漢密斯說完，就變得好安靜。

這段時間，火焰柵欄的高度一直在下降。漢密斯的引擎聲，開始蓋過了火焰「啵啵」的燃燒聲音。

「已經可以了！奇諾，走吧！」

「了解！」

奇諾讓漢密斯快速前進，直到火焰柵欄正前方。草原遍布羊的屍體與血，輪胎變得很容易打滑。

「羊群的草原」
—Stray Army—

「加速慢一點！可是，要穩一點！」

「這要求太難了！」

奇諾轉身背對火焰，戴上防風眼鏡。

就在這時候，一頭羊躍過火焰中比較低的場所。儘管牠躍過時腳被烤到，身負很有可能最終難逃一死的燒燙傷，仍然不顧一切。

「這羊真勇敢。奇諾，如果要吃羊肉就吃牠，保證讓妳精力充沛。」

這隻羊用頭對準奇諾的右腳衝撞過來。

「這一發，是替那個人開的！」

奇諾用右手拔出插在皮帶裡，原本是那男子使用的說服者，開了一槍。

那隻有勇氣的羊頭部噴出血來，倒下了。

「走了，漢密斯！」

奇諾把說服者插回皮帶裡，加快漢密斯的速度。

在此同時，不知是因為被那隻有勇氣的羊激勵，還是因為單純習性的關係，羊群不顧腳被烤到，一頭一頭躍過已經變矮的火焰柵欄。

牠們組成一團，準備用身體撞向漢密斯的後方——

「走了！」

「啊啊真是的，不管了～」

在草原加速的漢密斯，直線衝向跳板。

先是前輪壓過鐵板，接下來後輪也壓過去，之後一人一車就都在天空。

「摩托車也可以飛～！」

在漢密斯的話聲中，鐵製物體、旅行物品和騎士，在空中移動著。

羊群追逐當場運用跳板飛過去的漢密斯，也直接往深溝跳出去，紛紛掉落到十公尺下方的溝底。

飛到空中的漢密斯完美越過深溝，在草原上以後輪略為偏斜的狀態著地——

同一瞬間就向左橫向滑行，傾倒了。

在草原的緩坡上，漢密斯載著奇諾向左傾倒，車體橫向滑行，沿途的草皮被剷掉一片。

「哇啊啊啊！」

「羊群的草原」
—Stray Army—

奇諾沒有能作的事。

「哎呀~！」

漢密斯也沒有能作的事。一人一車不斷持續滑行，終於在緩坡底下停止。

「妳還活著嗎?奇諾。」

躺在地上還保持騎車姿勢的奇諾，長嘆口氣回答道：

「呼~……還好……傷的話，大概，沒有……不過沒想到，會摔成這樣……」

「結果都好，摔的真是太好了~！真的好險~！」

「怎麼說？」

「這一摔，原本著地時的衝擊就橫向卸掉了。要不然，不是後輪被壓爆，就是骨架可能也會斷掉。奇諾，妳的壞運氣真好！」

「………」

奇諾無言的仰望天空好一會兒，才從漢密斯旁邊站起身來。

「妳也扶我一下啦！」

她放著倒地的漢密斯，爬上剛才滑下來的斜坡。

爬上坡頂後，她看到隔著深溝的數公尺對面，被一片雪白埋沒。

而且非常安靜。沒有一頭羊發出叫聲。

牠們只是默默的，用橫向細長的眼瞳，對已經站在搆不到地方的奇諾，緊盯不放。

奇諾也冷靜的回瞪牠們，冷靜的發問：

「你們，為什麼那麼好鬥？又不是為了要吃我，太奇怪了。」

沒有任何回應。

當天傍晚——

奪回漢密斯以後已過了半天。

雖然擔心會不會再次巧遇凶暴的羊群，也憂慮深溝會不會擋住去路，奇諾與漢密斯還是在草原上使盡全力全速奔馳。

「到了……」「到了……」

終於，他們來到了被燦爛的新綠森林圍繞的城牆面前。
年約三十多歲的男性入境審查官出來迎接他們，說：
「哎呀～！真的是好久不見的貴客啊！歡迎來到我國！歡迎！這裡已經好幾年，沒有人從這座城門外走進來過了，真的很難過！」
他用無與倫比的微笑，迎接累壞的奇諾他們。
奇諾提出三天期間的入境申請，獲准後，城門旁邊的一扇小門就開了。
「這會是什麼樣的國家呢，奇諾。」
「我只要床，其他什麼都不管。」
「啊，妳真的累壞了。」
「這扇門開了以後，我要衝到第一個看到的床上，睡覺去。」
在門開啟的過程中，入境審查官詢問道：
「對了奇諾，妳在路上，東邊的廣大草原地帶那裡，有沒有看到羊呢？」
奇諾輕輕點頭說：
「是，有羊。其實，有很多……」
入境審查官以無與倫比的喜悅笑著說道：

「真的嗎！太好了～！那些原本是我國飼養的鬥羊呢！」

「『鬥羊』……是什麼？」

「就是像鬥狗或鬥雞一樣，把羊關在一起，叫牠們面對面，用頭互相衝撞打鬥。鬥羊從很久很久以前開始，就是我國非常盛行的一種庶民娛樂。羊也因此接受品種改良，生產出具有足以戰鬥的強大力量，面對任何敵手都不懼怕的勇敢羊。不過——」

「不過？」

「基於動物保護的觀點，刻意讓動物相鬥，有時甚至可能會鬥死的行為並不可取，所以大約十年前就經過國民投票廢止了。當時國內還有幾百頭鬥羊，也放生到食物豐富的草原上。原本大家都說一旦野生說不定就活不下去，真的很高興牠們還很有活力！請妳一定要跟所有國民，宣揚這個好消息！」

奇諾交互看著一臉微笑的入境審查官，和已經打開的門。

「……」

她默默的停下了動作。

漢密斯在下方發問了：

「怎麼辦奇諾？要宣揚嗎？」

⑩ 各位

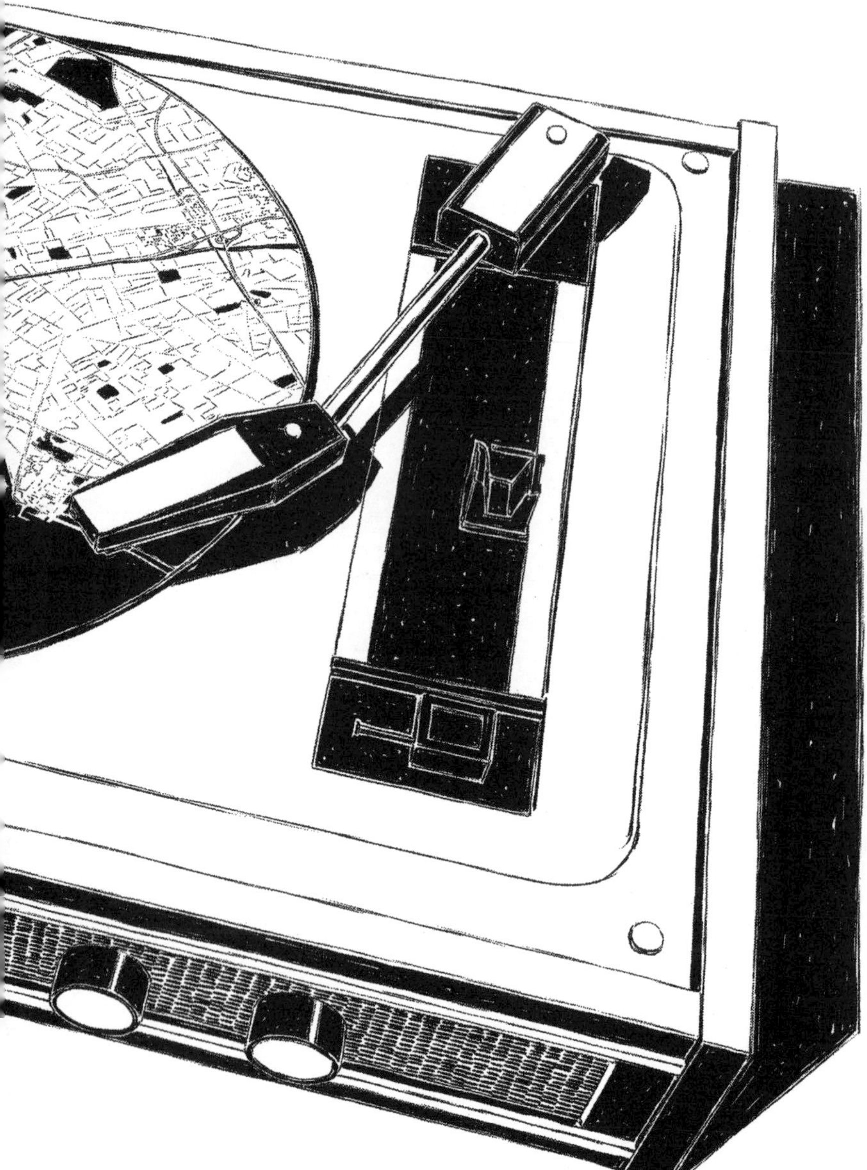

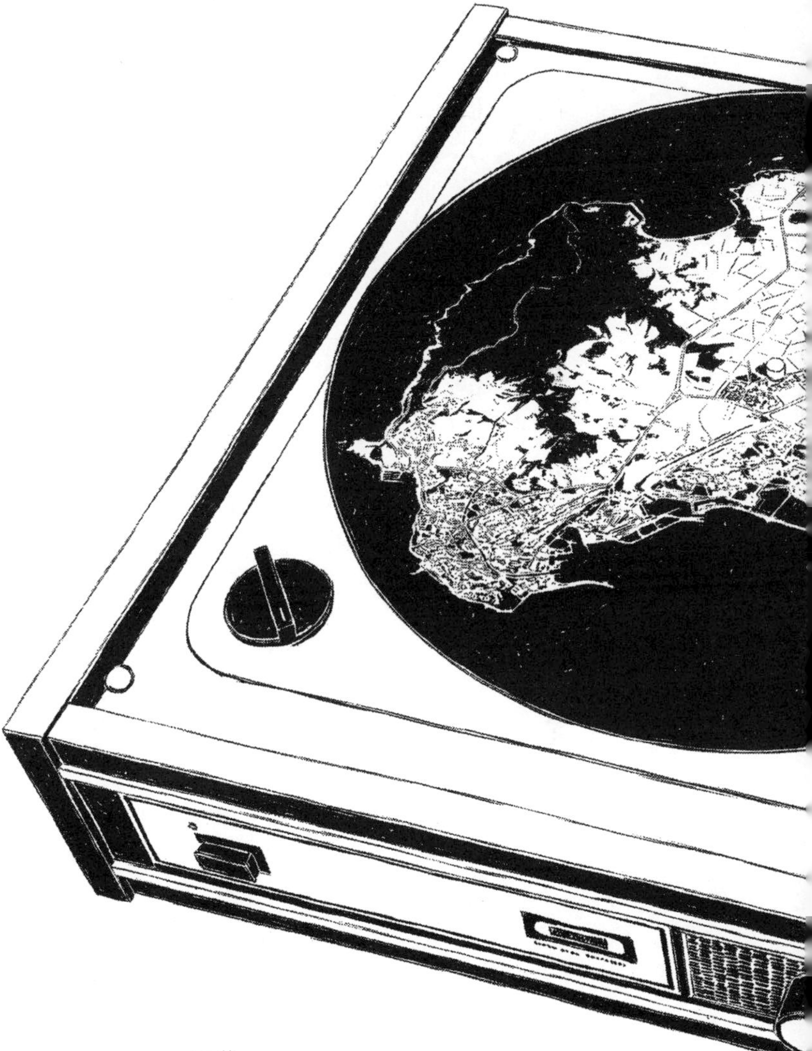

尾聲
「旅行的故事・a」
—Around the world・a—

尾聲「旅行的故事・a」

—Around the world・a—

「也就是說，奇諾、漢密斯——我國幾乎所有居民們，都完全不知道這件事。」

這個國家的入境審查官，以非常認真的語氣說。

這是一個聳立著至今從未見過的高大厚實城牆，一路延伸到對面山上的國家。城牆的終點在遙遠的彼方，無法眼見。

在城門前的建築物裡，吵雜的蟬鳴聲中，穿著白色襯衫外加黑色背心的奇諾，與滿載行李的漢密斯提出入境申請，然後與入境審查官面對面。

「原來如此……所有國民都認為人類只存在於城牆裡面……」

奇諾說完，那名四十多歲的男子用力點頭：

「是的。一千多年來，對這個國家的居民而言，『世界』就是這個國家，也就是城牆的裡面。就連我，直到二十五歲繼承家業前也這麼想！知道我第一次發現真相時有多驚訝嗎！在這個國家裡，只有極少數人知道：『城牆外也有人的世界』，那就是國家領導部門的政治家們，以及代代以軍人兼入境審查官的身分，持續守衛城牆的我們家族而已。」
「真是嚇我們一跳，你們保密功夫還真好。」
「這個嘛，如果沒有一出生就徹底教育：『外面沒有世界！』的話就不好了。」
「雖然是很久以前的事，但您知道其中的理由嗎？」
「這是個好問題，奇諾。其實，我也一直想知道。」
「也就是說，可能在歷史當中失傳了……」
「啊，這是很常有的事。」
「不過，我們也因此繁榮了一千年，所以現在並沒有改變的必要。事實上，歷屆總統也是如此判斷。」
「原來如此。可是，難道沒有會想：『說不定有別的世界啊？』的國民嗎？」
「當然有。偶爾，雜誌上會刊登：『城牆對面住著其他智慧生命體！』的特別報導。不過可悲的是，總是會被當成白癡的靈異故事看待。明明都是真的。」

「原來如此——那麼，也就是說，我們不被准許入境了？」
「不！我們不會這麼作！入境許可當然會給！只是，條件非常嚴格。」
「我會儘可能遵守。」
「嗯，是什麼條件？」
「首先，請奇諾與漢密斯戴上可以發送地理資訊並記錄言行的機械設備。奇諾的是手錶型，漢密斯的則偽裝成零件。」
「原來如此。」「嗯嗯。」
「接下來，兩位要與監視人員一同行動。除了在指定的旅館房間以外，他們會一直在附近，監聽你們的對話，也會逐一監視你們的行動——雖說幾乎沒人相信靈異故事，不過如果流言擴散開來，甚至有決定性的證據交到國民手上，會很困擾。」
「明白了。」
「那漢密斯你——」
「好的。」
「我國歷史上並沒有『摩托車』。對於附帶引擎的兩輪車，通常叫『機車』、『歐兜拜』、或者是『單車』。這類車種存在於我國，而且種類多的驚人，像漢密斯外型的車款一點也不罕見。只是——它們都不會說話。」
「什麼！」
「所以，如果你在國內有人的場所說話，會很困擾。不過，如果在指定的旅館房間裡，或者在周圍無人的場所中行駛的話，愛怎麼講都沒關係。」
「那麼，如果我在人前，像平常一樣跟奇諾說話的話呢？」
「奇諾大概會被當成腦子有問題的腹語師，說不定會紅。」
「那是什麼，好像很有——」
「漢密斯？」
「不，我知道了。嗯，我答應你！在人前不講話！」
「在遵守以上規則的同時，我們也會在出境時，追根究柢的詢問對這個國家的感想與意見，請你們回答。這需要花上幾小時。」
「明白了，我會遵守。」

「同上。」
「那麼，我們就開始辦理入境手續吧！啊，還有一件事！很重要！」
「是什麼呢？」「什麼～？」
「在這個國家裡，駕駛兩輪車時有義務戴上安全帽以保護頭部。我借妳一頂。」

就這樣奇諾就——
戴上可以記錄一切的手錶，騎著被限制發言的漢密斯，帶著借來的全罩式安全帽，從一般國民不知道的城門，悄悄入境。
在國內開始上路後，後方總是跟著騎機車的男子，男子後方還有後備人員搭乘的車子。奇諾去公廁時，也有一名女性假扮一般市民緊跟在旁。
這個國家廣大的驚人，要在三天內把所有地方逛遍果然還是不可能。於是奇諾在可以逛的範圍內享用美味的食物，也補給糧食與燃料。
第二天也是一眨眼就過去，將近傍晚時分。
「最後還是想看看美麗風景，不曉得有沒有，在哪裡呢？」
「我知道了，去問監視的人看看。」

被詢問的男子告訴他們，這附近有一處這個國家的多數騎士會過去欣賞，非常熱門的夕陽景點。爬到山路盡頭，彎道旁邊有處沒有人工鋪裝的空地，就是非常熱門的瞭望台。

「很好我們走！奇諾。」

「走吧，漢密斯。」

沿著彎曲不斷的山路，奇諾與漢密斯衝上山去。

然後奇諾就——

奇諾の旅・宇宙篇

※本頁以後並非本篇，是另一世界的故事。

四十五話

「旅行時，休息和回顧時間也很重要」

—Intermission 4—

「奇諾，妳在睡嗎？」

在宇宙空間中，一輛宇宙摩托車（註：兩輪的車子，尤其是指變形成宇宙船的交通工具）無聲飛行，引擎沒有噴射，正處於慣性航行狀態。

那裡，是一群星光朝一定方向密集並列的銀河系外緣區。在宇宙摩托車的船首，目的地的恆星特別大又亮，綻放出橙色光芒。

宇宙摩托車的狹窄駕駛座上，一名宇宙旅行者橫躺著飄浮在空中。

這名叫奇諾的旅行者，穿著宇宙服（註：在宇宙時穿的連身衣服，尤其是指不透空氣的裝束），戴著

「旅行時，休息和回顧時間也很重要」
—Intermission 4—

宇宙頭盔（註：外形像金魚缸的安全帽），右腿上則用磁鐵吸掛著宇宙掌中說服者（註：說服者是槍械。這裡是指無反作用力式光線手槍）。

「我在睡，漢密斯。所以，我不能回答。到了行星軌道要減速前叫我醒來。」

「妳已經醒來了吧！」

叫漢密斯的宇宙摩托車提高了音量，而叫奇諾的旅行者則微張著眼、略嫌麻煩的答道：

「我沒在睡，但我想睡。宇宙旅行總是很閒，跟在地上不同，風景幾乎沒有變化，所以我只好睡了。」

「那也沒辦法。畢竟兩顆有生命居住可能性的行星中間，最少也有兩光年以上的距離，而且現在這樣，還是用曲速引擎不斷空間跳躍趕出來的喔？如果一般飛行的話，就算借助相對論中『時間膨脹』的力量，也要花上一年以上喔？」

「真是的……如果知道宇宙旅行這麼無聊，我在那顆行星的地上繼續旅行就好了……啊啊，為何要上什麼宇宙呢……當初周圍的人一起鬨就被哄騙了……」

「『後會沒期』囉。」

「……是『後悔莫及』吧？」

「對，就是那個！」

漢密斯說完，就變得好安靜。接下來他說：

「不過這趟宇宙旅行到現在，不是很有趣嗎？我認為奇諾到目前為止，在各種行星有過各種經驗，心中多少也有一點成長喔？」

「對啊。」

「你又看不見『心中』，應該是隨便說說的吧？漢密斯。」

「……」

「相信在下一顆行星，一定也會遇上有趣的冒險。這段路上就當作讓身心休息，放空耍廢也沒關係。」

「可是我真的要放空耍廢準備睡覺時，就突然被叫醒來了……」

「很久很久以前在沙漠行星，跟巨大的龍那場戰鬥，真的很有趣！」

「是啊。當時宇宙說服者完全沒效，差點要被踩成一團肉醬死掉。如果當地的人沒有設下陷阱，後果不敢想像……」

「旅行時，休息和回顧時間也很重要」
—*Intermission 4*—

「不過後來，大家不是津津有味的享用牠的肉嗎？」

「是啊，烤龍排確實滿好吃的。」

「在接下來的那顆行星上，古代銀河文明的遺跡突然失控，所有居民的心靈都被操控了。好像那個流浪的遺跡獵人是叫『辛』吧？如果沒有那個人的救援，大家就會被操控，那裡也會變成一顆『狂行星』了。」

「對我來說，那也算是相當嚴重的危機。老實說，我差點以為不行了……」

「旅行就是要波瀾萬丈才有趣！宇宙太棒了！光在地上趴趴走是不行的！」

「還輪不到你這個總是酷酷的講：『摩托車就是不會飛』的漢密斯說。」

「當我們被銀河聯邦宇宙軍艦隊當成是宇宙海盜追殺時，真的冒出一身冷汗。到現在我才敢說，當時我真的作好被擊墜化為宇宙塵埃的覺悟。」

「那是因為漢密斯無視我說要投降的關係吧？還說什麼：『絕對逃得掉沒問題的』……當初老實舉白旗就好了……」

「奇諾妳還記得，那顆有女孩子會問直白問題的行星嗎？」

「嗯？哪顆行星？」

「就是那個有座大島，上面聚有各式各樣文化的城鎮，建築有點像主題樂園的行星。」

「啊啊，那裡啊。記得當時在宇宙港，被一位穿制服的年輕女孩緊緊跟著。因為皮羅什基（俄羅斯小餡餅）很好吃，我連同它的香味一起想起來了。」

「妳這記法好過分。」

「女孩子好像才高中一年級，記得名字叫……『尤露薇瓦』，因為唸起來很特別，所以姓名當中只記得名而已。皮羅什基很好吃。」

「那女孩不是很不可思議的問了一個問題嗎：『既然旅行者有可能經歷許多討厭、難過的事，為什麼還要繼續旅行呢？』」

「這個嘛……當時我只能回答：『因為沒有別的事情可作』。」

「對！就是那個！」

「哪個？」

「奇諾是旅行者，所以只會去旅行。不論在地上、或是宇宙都一樣；就算會無聊、還是不無聊，旅行都會繼續！而且只要奇諾繼續旅行，不論在哪裡，不管到哪裡，我都會載著妳走，妳就安

「旅行時，休息和回顧時間也很重要」
—*Intermission 4*—

心吧！」
「………嗯，我沒有不安，漢密斯。不論一直以來，還是從今以後，都謝謝你。」
「妳太客氣了！」
「那我有一件事要問你。為什麼要叫我？」
「咦？」
「一開始，你問我『醒來了沒？』的理由是什麼？」
「啊啊，那已經不是重點了。」
「怎麼說？」
「因為我只是單純很閒找人聊而已。」
「………我睡了。」
「晚安～」

宇宙篇．下冊待續？

較多充滿旅行感插圖的第20集。

我討厭離開房間，不過我相當喜歡去住旅館，一直憧憬搭電車去市街買東西，就在那裡找間旅館住上一晚，第二天再回家的舉動。

《奇諾の旅》到了第20集，終於讓黑星紅白對旅行（？）產生憧憬，如果能在第40集左右實現的話就好了。

我是黑星紅白。

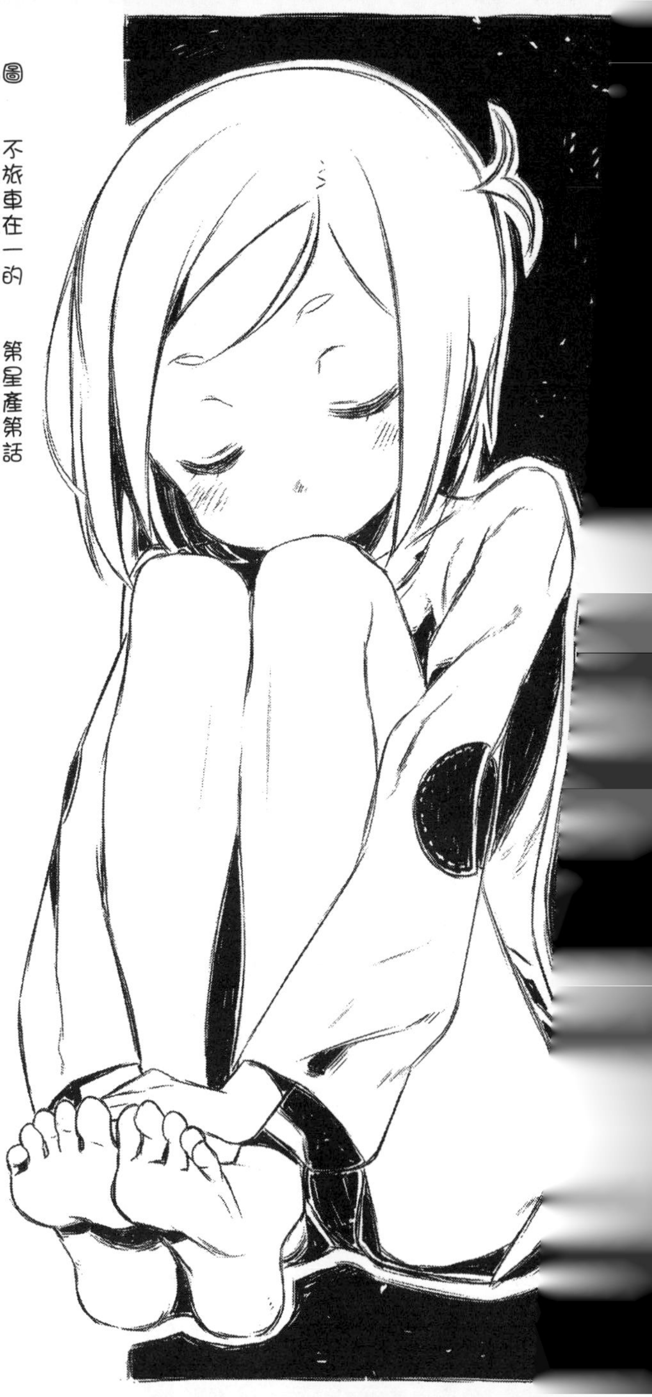